乡音未改

刘向东 著

河北·石家庄
花山文艺出版社

图书在版编目（CIP）数据

乡音未改 / 刘向东著. -- 石家庄：花山文艺出版社, 2023.4
　ISBN 978-7-5511-6430-6

Ⅰ.①乡… Ⅱ.①刘… Ⅲ.①诗集－中国－当代 Ⅳ.①I227

中国国家版本馆 CIP 数据核字 (2023) 第 017828 号

书　　　名	乡音未改 Xiangyin Wei Gai
著　　　者	刘向东
选题策划	郝建国
责任编辑	李倩迪
责任校对	杨丽英
装帧设计	高彦军 左铁铮
美术编辑	胡彤亮
出版发行	花山文艺出版社（邮政编码：050061） （河北省石家庄市友谊北大街 330 号）
销售热线	0311—88643299/96/17
印　　刷	石家庄德文林彩色印刷有限公司
经　　销	新华书店
开　　本	880mm×1230mm　1/32
印　　张	11
字　　数	180 千字
版　　次	2023 年 4 月第 1 版 2023 年 4 月第 1 次印刷
书　　号	ISBN 978-7-5511-6430-6
定　　价	68.00 元

（版权所有　翻印必究·印装有误　负责调换）

乡音未改（代序）

刘 章

千里相思，一日归来，
婶子大娘都说我乡音未改。
乡音未改，乡音难改，乡音怎改？
家乡的泉水是哺育我的乳汁，
家乡的父老是我永恒的爱。

即使白头，我还是家乡的童孩，
乡音常在，家乡人禀赋常在：
山的坚强，水的柔情，树的直率！
乡音不改，我的诗情不衰，
唱高山流水，向五湖四海。

目　录

生身之地

家乡 …………………………………… 3
居九花开 ……………………………… 4
落叶飞鸟 ……………………………… 5
青草 …………………………………… 6
青蒿 …………………………………… 8
有什么高于一切之上 ………………… 9
树桩上的雪 …………………………… 11
麦子 …………………………………… 12
老房子 ………………………………… 13
新房子 ………………………………… 14
厂沟小学 ……………………………… 16
上庄 …………………………………… 18
上庄入门 ……………………………… 20
柠椤叶，哗啦啦 ……………………… 24
撂荒地 ………………………………… 25
黄麦草 ………………………………… 27

草民稗史序	28
民间歌舞家	30
民歌	32
喇叭队	34
泥人	36
独自端详	38
母亲的灯	39
空山	41
小河水	42
滦河水	43
芦花辞	45
植树节	46
清明节	48
也傍桑阴学种瓜	50
长在土炕上的老玉米	51
大树	53
山梨树	54
老枣树	56
老屋后的树	57
山核桃	59
鹅耳枥	60
牵牛花	61
深秋的苹果花	62
冰凌花	64
干旱的季节	65
老娘沟里的向日葵	66
在我现在站立的地方	67

《人生一本账》断章 …… 68
把妈妈背在背上 …… 70
时间提炼 …… 71
傍晚陪双亲青园街散步 …… 72
林荫道 …… 73
白天的星星 …… 74
守灵 …… 75
刘高手 …… 76
手推车 …… 78
本命年 …… 79
我儿时的照片 …… 81
大嫂 …… 82
童年纪事：电话线 …… 84
童年纪事：小桃树 …… 85
笨高粱 …… 86
白水瀑布 …… 88
根 …… 90
风景 …… 91
孩子问我知道不 …… 92
采蜂 …… 93
蝉鸣 …… 94
大老鹰 …… 96
尺蠖：读马丁松同题诗 …… 98
挖掘：读希尼同题诗 …… 99
微小而又透明的鱼群 …… 101
巢 …… 102
喜鹊登枝 …… 103

山喜鹊	104
长尾巴山鹊开始搭窝	105
蓝鸟	106
寂静黄昏	108
牧羊人	
——致诗人佩索阿并怀念父亲	109
牧羊曲	112
羊吃草	114
野羊	115
纪念碑	117
消息树	118
鬼子坟	119
喜峰口	121
守望长城	123
鲁迅峰	125
化蝶	126
蛇皮二胡	127
石头碾子石头磨	128
陶器	129
鬼打墙	130
用不着风吹草就低了	131
不见你高飞背夕阳	132
小鸟窝	133
在山谷中的山谷中	134
小小露珠儿	135
火车连夜赶回燕山	136
西沟	137

北台子墓地	138
青山之墓	140
搬家记	141
出门在外	145
没有没有走过的路	146
远方	148
燕山	149

日久他乡

白洋淀往事	167
草原	174
干草车	175
2010年7月16日张北日落时分	176
秋夜与大解在坝上说草	177
半坡村	178
一棵松	180
闪电河	181
海边的墓床	182
大河	184
愚公移山 ——题王屋山愚公雕像	186
土地	188
铜像	190
中国象棋	192
河姆渡博物馆	194

中国航海博物馆	197
石峁城	199
良渚之诗	202
在鸿山物联网小镇展示中心	213
浏阳河	215
洋湖湿地公园植物步行道	216
手掌树上小鸟的家	218
杜甫江阁采风	219
辛追夫人	221
铜官窑唐诗现场	223
买地券	225
四羊方尊	227
在杜甫草堂再读杜甫	228
诗人田间	229
致诗人艾青	230
从艾青故居到大堰河故居	232
大堰河之墓	234
追念诗人苏金伞	236
丹噶尔：诗人昌耀纪念馆开馆仪式献辞	237
致昌耀前辈	238
娘娘河：陪伴诗人放翁还乡	240
日月山怀想	242
怀增书	243
《断了》之后	245
包山底：集慕白诗句	247
巴蔓子外传	249
老兄弟	250

修自行车的老汉	252
南山一棵树	253
马陵山上	254
雀儿花	256
冬茶令	257
忆君山	258
汨罗江边	259
小树	260
野兔	261
灰鸟记	262
太平鸟	
——读周晓枫同题散文	264
干枝梅	267
敕勒川	268
夏塔古城	269
高家房子	270
牧马人	272
丁赫尔扎布	273
大风车	274
三棵树	275
羊像羊群一样白	276
青海湖	277
青海湖边	278
在贵德	279
小浪底的浪	280
黄河石	281
太阳石	282

随手拾得万年缘	284
天坑	285
地缝儿	286
慰魂节	287
祈福节	289
太行山神话之乡	290
小石门悬棺	291
又见云台	292
哀济水	293
梦乡	294
商丘	295
日月山青藏输电枢纽	296
现场 ——2011年4月25日下午5时在恰拉山口 　N454号高压电塔在建工地	297
滴水湖上的绿蜻蜓	299
黄姚古镇	301
沙溪镇	303
伏牛山所见	305
张谷英老屋	306
天井	308
陶宗仪故居一拜	309
十里长街	311
台州高升文化礼堂	312
水心草堂听小姑娘读《姐姐……》	313
牧羊地	315
鸿山遗址	316

遥望悬崖村 …………………………………… 317
妈妈饭 ………………………………………… 319
朝天门 ………………………………………… 321
雪，落在昨天落雪的地方 …………………… 322
1997年3月9日：日全食 …………………… 323
诗人的国歌
　　——一个中国诗人在华沙学唱波兰国歌 ……… 325
奥斯威辛的头发 ……………………………… 327
柏林墙的影子 ………………………………… 329
布拉格 ………………………………………… 330
卡夫卡 ………………………………………… 332
诗人哈维尔 …………………………………… 334
饿长城 ………………………………………… 335
诗人墓
　　——写在布拉格高山城堡中的马哈墓旁 ……… 336

生身之地

家乡

据说我已经是诗人了
一个乡土诗人
土得要命。而我
在离家很近的贵宾楼过夜
家乡依然在我梦中

回想父老,拉家带口
饿着肚子去关外
临走一个个瘫在柴门
把锅卖了,留下老宅
让青山补墙头之缺

有一天他们回来了
有的珠光宝气
有的背着儿孙和破烂行李
有的至今在落叶上行走

而我
在离家很近的贵宾楼过夜
家乡依然在我梦中

居九花开

七九八九，居九花开
花骨朵颤动着顶起败叶
金黄的花蕊吻住春心

谷雨的早晨
居九花变成了白头翁
仰面将伞儿倒提在手
体味什么叫春雨潇潇

一夜百草到门前
两棵香椿树，红芽高挑
十分春的味道

越凌水汩汩细语
啊，春天，春天
其实春天已经来了
春联上留着两行脚印

在燕山，母亲的火炕上
瓦盆里的种子醒了
土地还睡着

落叶飞鸟

在老家,燕山脚下
老树比村庄更古老
而树上的鸟巢
比新娘还新

半圆的巢儿朝天
孵化日月星辰
半圆的坟墓如鸟巢倒扣
拢住大地之气

土地说:落叶归根
于是叶子下沉
天空说:鸟儿凌云
于是翅膀向上

青草

野小子真叫无法无天
站在祖坟上迎风撒尿
尿就尿吧，转过身来
咱们顺着风滋这青草

先人是打黄河边来的
穿草纸裤子逃荒来的
他们最终成为泥土
我们跪下，面对青草

天上的日月，万古的时钟
分秒不停把日子消磨
永不磨灭的便是这草了
把满地的阳光和月光清扫

牛羊喜欢它，它是奶
鸟儿看中它，它是巢
跟着勤劳的人儿回家
它是炊烟，它是火苗

这些青草与青山同在

野火烧不尽天火来烧
草籽取暖于灰烬之中
根在石缝里默默盘绕

没有谁能够割断青草
青草手中有永远的镰刀
我的诗歌也终将绝版
不断再版的是这青草

青蒿

高于先人的是坟头
扎根于坟头的是
一束青蒿

比青蒿还高的是支撑天空的
南北双松,天快要塌的时候
青蒿也会奋力
杂乱的柴草则舍身追随

还有连绵不绝的群山
与群星亘久的对话
那些高高在上的主宰者呀
此刻折服于一束青蒿

它柔韧,卑小,青涩而无畏
与亡灵一起沉默
与泥土一同着色

有什么高于一切之上

祖坟高于黄土
拔尖的青蒿高于坟墓
而高于青蒿的
不是日出
不是头颅

或许
支撑天空的是一棵大树
当它倒下
老坟地里
大片的荆柴成为树木

群山起伏
流水起伏
连绵的道路连绵的灯火
连绵起伏

平平常常的存在
难得一见的气度

有什么高于一切之上

一切都是元素
有不完美的完美
没有完美
或不完美的事物

树桩上的雪

天
可以没有横梁
没有支柱
但一棵树不能没有
年轮

冬天来临
阳光冰冷
一场雪压实另一场雪
年轮不转了

只见树桩上突兀的白
苍白的白,白发的
白!白骨的
白!空白的
白!

一顶白帽子悬在空中

麦子

真正的麦子
一棵就够了

  这一棵麦子
  是春天的心

读了很多麦子诗
让人感动的依然是麦子

  这一棵麦子
  是夏天的魂

浇一遍月光，浇一遍阳光
麦子灌浆了，麦子黄了

  这一棵麦子
  是土地神

老房子

老房子老了
越来越老
燕子飞走了留下老巢

山墙裂了三道缝儿
歪着身子
坚持不倒

危檐蒿草
顺着瓦垄爬上去
站在龙脊上持续张望

上面是老高老高的星辰
下面空落落
梦归的眠床上也没有梦了

新房子

春前破土盖新房
刘章和徐贞,我的父亲母亲
忙忙活活在秋后开场

备四根大柁,四根二柁
加脊檩三根,二檩和檐檩各六根
加八根柱脚
两对门墩,两副门槛
做窗户框门框的木头一垛
买砖,买瓦,买石灰,买麻
捡一堆石头脱一层皮

　　老天爷!
　　母亲想起来就冲着家说:
　　石头怕垒墙
　　盖三间房子的石头
　　堆起来有三间房子大
　　房子盖好了却是空的!

好日子请来大先生
让木头各得其所各就各位

地气上来打地基
坐北朝南，筑土为台
上梁的早晨行隆重大典
八方父老以四肢为柱
上大柁，上二柁，上檩子，上椽子
承托上天的重量

  新房子！
  多年后父亲如此感叹：
  木头怕上房
  眼看着房架子戳起来
  却原来是一副骨架子
  一条条脊檩如脊梁骨
  椽子是肋骨分向两边！

厂沟小学

这就是我们的小学校
厂沟北山上
老坟地里
四十年前的四间瓦房

当年三个年级的孩子
而今天各一方
房架子垮掉,当柴火烧了
连同它左边的养猪场

上学路上,喇叭花老早遇见阳光
迎面那不是翠兰子吗
(如果不是才七岁半
她必将成为我的新娘)

一边上课一边磨镰刀
只等放学一声令下
胡老师说:快!快!
南山的草莲子已经发黄

小黑板上的一笔一画

总也舍不得擦干净
把它们擦了,我重写一遍
写成今生今世的诗行

上庄

巴掌大的小小上庄
给我独一无二的指纹

人来人往山路上
脚印踩着脚印

是谁主宰着去留
谁是来者,谁是古人

大树上喜鹊搭窝
老井台新娘汲水

老屋里打盹儿的老人家
为计划外的孙儿想好乳名

管男孩儿叫山叫根叫大柱子
管女孩儿叫枝叫叶叫小花儿

有灯火引燃满庄灯火
有鸡鸣唤醒十里鸡鸣

炝葱花的香气里
屋门迎风而动

夜深人静皆寂寞
星月遥不可及

谛听或诉说
遥不可及成全梦境

上庄入门

一

沟门子山门以里，赵大地
草木庵、河西、花宝石、厂沟、西沟
青山两列，清溪十里
自然而然的六个村落
在燕山三千尺青峰之下
在热河离宫和外八庙的外面

从出生到终点
从血肉到泥土
上庄，来去间宽阔于我的生活
高远于我和我们的命运

上溯一百九十九年
老祖宗从山东投奔河北
燕山雪花大如席
趁热把雪花铺在炕上

黄土炕上生儿子
黄土坑里埋祖宗

祖宗至今守在北台子
守住儿孙和一草一木
此刻他们在我身体里
看我一笔一画写诗

苦是寻常之苦
乐是伦常之乐
庄里人忙活，为活而忙
男人打小儿就上山下地
女人老早就推碾子烧火

不用出远门儿
家门口就能见世面
窗含西岭长城的箭楼
东山三仙洞里的仙人
已经是家家户户的亲戚

二

赶赴此生，生身之地
命中注定，我是长子
领来向阳向海两个弟弟
领来一个妹妹名叫向春

老屋和祖坟南北相望
栗子树下长条地

妈妈老早为我备下宅基

祖上卖炭买土地
我们卖柴买户口
当年急着出山进城
心里窝住一场大病
留下老屋,不拆,不卖,也不租赁
好让路过的人说:这
是谁谁的家啊

三

家
可以没有炊烟没有门窗
要有一盘土炕
有一盘土炕连着地气
留做梦归的眠床

环顾四周无数山梁
而今退耕还林还兽
总共还剩下三棵古松
对应三岁以下的童子
老人用山庄老酒的瓶子
垒成三面透明的院墙

上庄

在燕山上地，河北兴隆
晴朗的夜晚，西大梁上
有人望见天安门
说：姥姥家门口唱大戏呢
叫头的锣鼓
隆咚隆咚锵

柠椤叶，哗啦啦

柠椤叶，哗啦啦
不是你，就是他
山风吹着柠椤叶
孩子在树下过家家

柠椤叶，哗啦啦

老大老大的柠椤叶
风里雨里唱着啥啊
山蚕把它铺在身下
妈妈蒸年糕用它铺锅

柠椤叶，哗啦啦

越老越黄的柠椤叶
远看如同一张草纸
草纸盖住老脸的时候
柠椤叶把黄土遮挡

柠椤叶，哗啦啦

撂荒地

北山尽头的旮旯里
起初是谁刀耕火种
石砬缝中,学大寨的镐头
挖出一具白骨
而在山下淙淙溪流边
出土了绳纹陶、蚌镰
和一个谷物研磨器

1942年开始复耕
军民填饱肚子打击敌人
1961年重又开垦
直到1978年包产到户
蒿草和野兽重获自由
1980年,老两口儿忽然从关外回来
火烧火燎,种瓜点豆

而今撂荒地再度撂荒
搬到山外的人清明才回来
严冬冻裂的土
在暖风里自动合拢
对于轮番的耕作和撂荒

撂荒地保持沉默
让亡灵和它一起安息

黄麦草

杂草从四野围上来
止步于我的黄麦草
黄麦草像麦子不是麦子
黄麦草比麦子腰杆儿硬

黄麦草在冰天雪地里等待
黄麦草要一根一根地割
一把一把攒起来
苫我不漏的老屋和蜂房

六十年不朽的黄麦草
懂得啥叫一辈子
当屋顶被青瓦和彩钢覆盖
黄麦草在山脊晒太阳

草民稗史序

锄板下有水,锄板下有火
有水,有火,有金银
锄地,锄地
你一边念叨一边锄地
除了锄地还是锄地
你的谷子,你的高粱
一石比别人家重三斤

你知足,但不富足
瘦弱像一个影子
一个薄片儿
一根针

锄地成习惯,拔草也上瘾
把自家地里的草拔光了
再到邻家的地边搜寻
拔草复拔草
你还想找到那位种草的
问问为什么,让它眼睁睁
从秋后新坟上钻出来
压纸钱的石头都压不住

到了冬天，枯草里
墙根下，你默想早夭的独子
重复落草的故事
偶尔迎着草台班子，追着皮影儿
唱词先影人儿而出
待收台散场
台下只剩你佝偻之身

你还在磨叨
屈原放逐昭君出塞王莽篡权刘秀中兴
谁是好人
谁是坏人

心里装着千年世相
一辈子出过一次远门
路过北京站，见人山人海
你说：赶上了天下
最大的大集

就冲你一辈子伺候土地
除了草什么也没留下
在此我郑重写下你的名字
刘臣（我的二伯）
一介入土为泥的草民

草民稗史
此为序

民间歌舞家

准是在正月里卷土重来
这是你一生唯一的路
手拎三尺老烟袋
一扭一扭像个女人

  正月里哎嗨正月正
  我带小妹子儿去看花灯，看灯是假的
  妹子儿呀，试试你的心！

拖着长长的乡音和尾音
老妹子跟着你一起奔走

  一把扇子二呀二面花
  哥哥他爱我哟我呀爱他
  咿哟咿哟嗬！

深一脚，或浅一脚
高一声，或低一声

  初八十八二十八呀哈
  新娶的媳妇走呀走娘家

套上那骡子马

大地听你一唱就来了劲
村路也跟着你一扭一扭

　　三月里来哎嗨是清明
　　姐姐嘿那个妹妹又去踏青
　　捎带着放风筝

那些和你一起扭过的人
谁能等你到清明
全在你的身后一扭一扭
自由的灵魂带着风

民歌

> 是我在田间听来的
> 产生于绝对贫困的年代
> 尚未写在任何书中
> ——题记

他们并未瞎编
叙述突兀而又具体

  一进西沟门儿
  稀粥一瓦盆儿

小村的彭斯推敲再三
文盲二大娘脱口而出

  盆里照个碗儿
  碗里照个人儿

你一句,我一句
直到得出唯一的结论

  要想吃干的

等到年三十儿

而今看上去哭笑不得
恰恰是历史的教养
新诗的记忆

喇叭队

肯定是赵大地的赵福安
头一个吹响了喇叭
(乡亲管唢呐不叫唢呐)
一个个有备而来
嘀嗒,嘀嗒,嘀嘀,嗒嗒

仰面朝天的喇叭队
往老屋迎娶全新的新娘
红轿子把日头颠起来了
半大孩子跟风
把青秫秸和锄杠当作竹马

泪流满面的喇叭队
破音的哀乐里带着血丝
八个人抬着一个人,跟着喇叭
能走多慢就走多慢
慢慢送到今生的尽头

大声大气
大喜大悲
大落大起

一辈子的血气
全都使上

隔着山梁就听见了
拐过河套就看见了
喇叭队来了非同以往
而这个日子
与别的日子有什么两样儿

泥人

前生一捧土
今世一把泥
小小子儿的一泡尿
还我人身

丫丫把我扶起来
捧在手上吹,给我一口真气
蹦跶着领我进了家门

一个掰成两个
两个捏成一个
一个变成一对儿
一对儿就是一家

曾经活过许多年
上有老,下有小
有见过和老是听说的亲人

只不过沧桑变化
皱纹变作裂纹
以地气为呼吸

以青草为灵魂

这么多风雨寒暑
从泥土到泥土
谁的手再来拿捏我们

听说当年捏泥人的女娲
捏累了把绳子泡在泥里
猛然拉起来
泥点儿纷飞

我
把尘土朝天扬起来
落在自己头上

独自端详

大寒的阳光照在北墙
照耀镶着老照片的镜框
全家福摆在注意力的中央

后生站在老屋檐下
端坐前排的也并不显老
怀里抱着邻家小小子儿的
是我只在照片上见过的奶奶
她一直抱着伸胳膊蹬腿的他
等我出生

默默地从墙上取下来
擦一擦落满灰尘的镜框
住在照片里的老人家啊
全都走了,悄悄地走了
不留脚印,不留背影

留我在此独自端详
阳光不再的老屋里
一片空白突如其来

母亲的灯

那灯
是在怎样深远的风中
微微的光芒
豆儿一样

除了我谁能望见那灯
我见它端坐在母亲的手掌
一盘大炕，几张小脸儿
任目光和灯光反复端详

啊，富裕的夜晚
寰宇只剩了这油灯一盏
于是吹灯也成为乐趣
而吹灯的乐趣，必须分享

  好孩子，别抢
  吹了，妈再点上
  点上，吹了
  吹了，点上

当我写下这些诗行

我看见母亲粗糙的手
小心地护着她的灯苗儿
像是怕有谁再吹一口
她要为她写诗的儿子照亮儿

哦,母亲的灯
豆儿一样
在我模糊的泪眼中蔓延生长
此刻茫茫大野全是豆儿啊
金黄金黄

那金黄金黄的
涌动的乳汁啊
我今生今世
用不完的口粮

空山

空山,野鸟儿
风在花翅膀的闪动中
突然,黄蜘蛛凭空悠然划过
透明的丝线拉住两山

从头道沟的山咀到小阴坡
全长二百零一步
蜘蛛张网在空中
在花翅膀的挣扎中

小河水

燕山里小小的破折号
——
从前生,到来世

我生命里不能透析的血
…………
家门前的点点滴滴

难熬的春天熬过来了
小蝌蚪上山找妈妈去了
拖着带泥的尾巴

默默将青山分成南北
转弯处甩下老骨头
在进入另一条河之前消失

滦河水

我亲人的骨头
都埋在这儿了
我们管这条河叫作
母亲河……

在燕山的影子下面
不老的河床,边走边唱
接近今生最初的梦境

水色,天光,比美
还美,比清亮更清亮

滦河水,滦河水
你太年轻
你怎么会是我的母亲

河水急转弯的时候
泪水赶着泪水
拐进边塞诗最凉的一行

三军洗兵马,洗一路风尘

水寒伤马骨,就连历史
也落下一瘸一拐的腿脚

而在我吃奶年月
母亲没有奶,只有河水

滦河水,滦河水
你太古老
你怎么会是我的母亲

当我在母亲与女儿之间
当我在妹子与妻子之间
看河水迢迢
迢迢的液体的目光和面庞

滦河啊
你是好女儿
你是好母亲
有了你这好母亲
怎能没有好女儿

当你远去
让我送你,带上我的骨头
到唢呐尽头

芦花辞

待到花开已白头
也不错
挤在一起不分彼此
顺着风

齐刷刷和我一起白头

透明阳光里
一根白发一行诗
顺着风

自在之身轻似梦
现在一忽悠
就过去了
现在一忽悠
又折回来

齐刷刷和我一起白头

植树节

你具有直立的资本
却生来佝偻,矮小的身躯
长不到高人眼里

你给北山的苹果树剪枝
往南沟的酸梨树上嫁接甜梨
女人们在炕头扯闲话:
 结不了果!
 真要结了呢?
 准是酸的!

你在山前栽松树
你在屋后点柏籽
汉子们摇头又叹息:
 长不大!
 真要长大了呢?
 也是弯的!

甜梨树下她们把嘴一抹
鼻子酸了
大松树下他们把眼望直了

抬着上等棺材入梦

从此你高枕青山
听蜜蜂翻译花开的声音
看斧头发现年轮

清明节

清明的早晨
远山在太阳之前起身

兄弟俩不约而同
前后脚走向北山
他走,他也走,他停
他也停,他怕他停下,怕他拐弯
他以为他再也走不动了

他们不知道背后有我
看他们给祖坟烧纸、添土
看先人各有各的命

我曾经试着为他们写诗
想象有个时间——
怨他们的人把门闩紧
门外撒一把白灰
想他们的人留着门缝儿
盼门轴吱扭一声

想当年,他们都不是善茬

一个指着另一个的鼻子决裂
朝相反的方向大步流星
都觉得能够把天掰开
在屋顶扒门

他说：坟地见吧！
他说：坟地里见！

他们暗中较劲
又赫然跪在坟地里
叹只叹那最高大的土堆
已经归了祖宗

他们在坟地里寻找光明
找到乌鸦的翅膀
他们睡觉也睁着眼
等待时间的启示

或许他们知道身后跟着我
为此不肯回头

也傍桑阴学种瓜

也傍桑阴学种瓜
等待发芽
到底发芽了没有呢
趴下,倾听泥土松动的声音

忍不住拿指头抠一抠
怕它在,怕它在黑暗的泥土里
睁着眼;怕它不在
怕是一个梦灰飞烟灭

盼它发芽,又怕发芽
不发芽还可以重新埋上
就怕发了芽被石头镇压
或在颤抖的手下夭折

长在土炕上的老玉米

他们都走了。三年之后
老房子被山风所破
玉米苗占领了坍塌的土炕

种子不发芽先扎根
扎在他睡过的炕头的位置
尖尖的玉米苗,如锥子
从烂炕席里钻了出来

小苗小心地放开一个叶儿
在倒春寒的风里试探
两片叶子便担起一大风雨

长到一人高
如雨后新竹,伸腰,拔节
但不节外生枝,根

紧紧抓住土炕
并在根之上生出气根
雷电也不能把她放倒

长到胳膊粗,开了怀,开了花
绿棒子,红缨子
红缨子像是红头绳儿

绿棒子,绿棒子
一个藏不住的秘密

紧紧搂着抱着绿棒子
还是担心风吹雨淋
一层,一层,又一层
包裹得严严实实

长在土炕上的老玉米
说老就老了,秸秆老了
棒子也跟着老了

山风开始为干巴叶子歌唱
红缨子已是一堆白发

大树

离远了才见孤独的你
与无边落木之距离

那迎向太阳的枝的影子
那揪住大地的根的隆起

一生只为留在老地方
遵循大树的生存方式

可是大树没有树了
是我家乡一块荒地

山梨树

水胡子祖上茅屋旧址
有一棵孤单的山梨树
不等落花落地,小山梨便甜了
又香,又脆

蹚着深秋露水的毒
拨开蝎子草和带钩的荆棘
我承诺带回一个小枝条
交给珍稀物种基因库

老远就瞭望,就想看到它
走近了,只见斧头开花
它的影子都被砍倒了
连一个树娃子也没留下

一架大山蓦然空寂
无意中喊一声:有人吗
——有!——有!
原来砍山人还在山上

我曾羡慕,甚至嫉妒

所有树木都比我长寿
而今找不见我的山梨树了
一切从此消失

老枣树

老家,老屋,青瓦
檐下,格子窗前
老枣树躬身站在那里

你说那是你的
老妈妈

另一棵老枣树
在老屋土院的外边
碾道的南边,老井的北边

老妈妈见谁问谁
那是谁呀

老屋后的树

是一棵孤零零的树
一棵松树

父亲从山上挖来
让它和我比着长
为什么它总是比我高呢
我嘴上不说，心里不服

大风中摇它
拿石片儿砍它
有一天弟弟说它流泪了
我问它哭了吗
他说没见它出声哭

现在它和云彩一般高了
把整个村庄看在眼里
惦记它的人越来越多
想要放倒它翻盖老屋

让它长吧
在我记忆里它还是小树

有一次我抱着它睡着了
阴凉至今铺在梦中

山核桃

山核桃
一个个的确像铜铸的
刻满了甲骨文

我守在树下,盯着山核桃
像盯着星辰

爸爸的肝已经大了三指
他咬着发黑的嘴唇说
听说山核桃利肝补肾

我守在树下,去皮炒裂
用手劈开

山核桃
一个个不是铜铸的
里面揣着核桃仁的仁

鹅耳枥

多好听的名字
鹅耳枥,与天鹅无关的
鹅耳枥,并不曲项向天歌的
燕山山梁上普通的植物

看上去像是小榆树
偏偏不是。耐寒,耐旱
但水分充足,嫩枝条
(山民称之为牛筋子)
拧绳子,捆干柴
枝干做成改锥把
洋镐把,不做梁柱

听说它的种子还可以榨油
润滑大机器。管它呢
我只是,在这树下
寻找自己,我只是觉得我
活在这儿,到处活
说不出更确切更
进一步的意义

牵牛花

又见牵牛爬井绳
忘了汲水乞邻家
粉红的深紫的天蓝的
寻找来路的牵牛花

上庄本来缺少这个物种
先人从口里带回种子
和豆角、黄瓜一起种在小院
顺杆爬

顺着阳光爬上去
爬到上庄之上了
让谷子和豆子满山拉扯
老远看上去是一幅年画

顺着秋风爬上去
爬到霜天之上了
东摇西晃的牵牛花
吹响了为自己送终的喇叭

深秋的苹果花

盯紧枝叶掩映的苹果
那唯一的果实
乌鸦忽然愣了一下

零星的苹果花
顺着秋风爬上高枝

深秋的苹果花
接近冬天的苹果花
不是谎花,不为果实
不像沉浸于对春天的回忆

带花儿的枝条颤动着
指向未知的高度
寒意中似乎另有含义

一阵山风
把花瓣儿和乌鸦吹起来
乌鸦转身回到树上

忽忆落花应有恨

飘零的苹果花
从一片叶子到另一片叶子
打着旋儿不肯归根

冰凌花

只有我知道你心肠的热
头顶冰凌的金黄的灯盏
在北国冰山的尽头接应南风

你的选择多么坚决
比梅花还不怕冷

仿佛一个幻影
蓦然变身现场
仿佛一个心象
忽然成为对应

出于真,你是善
出于善,你是美
作为美,你是你,是一朵花
不是隐喻和象征

由此打消为你写诗的念头
你本身就是诗,直接就是!

干旱的季节

水胡子是燕山老娘沟
不老的水泉
毒太阳底下
活水如胡子沁出下巴
没有干

我到水胡子清理落叶
我也把落叶撩干净
就那么等
到浑水澄清

黄昏的弯钩虾
又拉又推
把泪花请到云上
把落叶请回水中

这家山最后的泉眼啊
在飞鸟盘旋的凝视中

老娘沟里的向日葵

是野风趱来的种子
还是鸟儿
偶然的失落
落生了也就落生了

生长在深深山谷中
想象不出山外的景色
侧耳倾听阳光的脚步
自己也不知为了什么

寂寞的夜晚
埋头在泉边数星星
数来数去,数不清的星星
只有等着天亮了

在我现在站立的地方

这儿肯定有两扇门
一道门槛儿
妈妈左手扶着门框
站在炊烟下
和炊烟一起挥动右手
在我现在站立的地方

原来搬家就是
搬走一缕炊烟
就是把我永远留在外面
我走了,梦里回来
推敲空气
在我现在站立的地方

《人生一本账》断章

妈妈用一个指头在电脑上
敲她的《人生一本账》
在记录了战火和逃亡之后
写到饥饿,写我出生:

1961年5月5日凌晨
前胸贴上后背的时辰
添了我的大儿子
每天揣在裤裆里暖着
不会哭。胳膊腿儿
全是软的,摽在一起
脑门儿如一层窗户纸
不敢碰。眼瞅着
树叶没得捋
就连泔水都没得喝
耗子洞也被挖光了
耗子因饥饿而寻死
一个个踩着石头爬上青蒿
将头卡在蒿子杈里上吊
可是我们不能死
我有我的大儿子

把死耗子煮了当油水
把玉米秸摁在石灰里熬淀粉

妈妈敲一个空格键
——凡事要往好处想
这不我们都活过来了
活过来，活下去！

把妈妈背在背上

把妈妈背在背上
攀登人民医院的楼梯
感觉不是我背着妈妈,依然是
妈妈背着我上山下地

妈妈,您背,翻山越岭
背着我们的庄稼日子

披星戴月为老人呼噜
饥肠辘辘为儿子窝头
荆钗布裙为女儿花衣

说什么民有三患
有多少全都背上

只要背起来,妈妈
多沉您都舍不得放下
可是,当我把您背在背上
为什么您哭成一个泪人儿

妈妈在我背上
我在妈妈怀里

时间提炼

走不动了
爸爸把手表撸下来
——留个纪念吧
交给我时还带着体温

爸爸把时间交给我
上满发条,晃一晃
秒针忍不住抖动两下
老人家忽然有些激动:看
走不动了,还能动

站住!站住!不许动!
我可不想看它再动了
分秒都要留住
除非时间乘以速度
不再等于距离

爸爸把时间交给了我
给我提炼时间的时间
在时间的影子里提炼时间
让我们的一生
多于一生

傍晚陪双亲青园街散步

斜挎着帆布兜儿、屁股垫儿的父亲
痒痒挠儿兼做打狗棍的父亲
把红日当成健身球的父亲
切了胃,肺气肿,佝偻腰
瘦得还剩一把骨头

走走,停停

原来似乎不会走路的母亲
(总是一阵风)
此刻让风推着,一瘸一拐
走几步就安慰老伴儿和金属膝盖
另一条等待手术的腿像是假肢

走走,停停

老俩慢下来,回头看我
他们哪里知道
其实我只想跟在他们身后
默默地走,这一生

林荫道

家门口的小街上
老人家每天从树下走过
背着手,念叨:

  天冷了
  该加衣服了,叶儿落了,树
  把阳光给我
  天暖了,该减衣服了
  树叶绿了,把阴凉给我

而今老人家不在了
我赶来,我追寻,落花风里
一棵树,挨着一棵

白天的星星

爸爸
写信来说：
莫以为我嘴上
不曾讲
便等于我心里
不曾想
白日里
星星
在天上

爸爸
尽管我
白天看不到
白天的
星星
但我看见
星星
看见了
我

守灵

爷爷先行到死亡中去了
天都让人哭黑了
最黑的时候
我来守灵

为什么要守灵
我不知道
只知道必须守着
不许动

守着曾经最疼我的人
（我是他的长孙）
我在不知不觉中睡去
悄悄地

悄悄地变成他守着我
守着我，守着我
直到如今

刘高手

把火枪架在南山树杈上
对准北山断崖的拐角
统共放了六枪
山崖下躺着七只野羊

我祖父得意于这个狩猎的故事
刘高手的故事
他祖父的故事

父亲接着祖父讲
忽然拐到野羊的可叹之处
它们怎么那么喜欢悬崖
从悬崖到悬崖
到悬崖的死角
能挂住雪花的地方就能立足
用半个蹄子在岩缝行走
傻到不走回头路

接下来的故事
在我的转述中成为传奇
当野羊被逼上

连风也无法转身的绝壁
一老一少自动排队
齐刷刷后退几步 ——
忽见老羊飞奔
借彩虹腾空而起
让它的儿孙紧随其后
将落脚点踩到它的背上

刘高手断然罢手
庄稼地里当牛做马
我祖父拿猎枪与军队交战
我父亲当上生产队的羊倌
我也是

手推车

小路因为太小，才可以
钻进燕山。手推车
也叫架子车、独轮车
以唯一的轱辘推动

手推车一律来自山外
看上去都是一个样子
轱辘有着不同的花纹

我从车辙推断车主
姥爷来了有分量
辙印因几块红薯而加深

二舅进山，常在正月
三舅出山，总是三更
丈八大柁斜着冲出山口

小车不倒只管推
车把式从不改变姿势
一个个把自己也推走了
因为没有刹车，再也不停

本命年

狗年我不愿当一条狗
牛年我真要做一头牛

祖父在牛蹄窝儿里种黄豆
满山秋色全是豆香
小伙伴在新鲜牛粪中焐脚
至今不穿牛皮靴子

在刚刚滚了老牛的山前
嚎叫的牛全都红了眼
老牛倌说:牛不会笑
但是会哭,开追悼会

我想让老牛走进诗篇
它就不老了
就算老到不能再老
骨头还能奔走

老牛在响干响干的草中
回味青草的味道
而青草在我眼里

立刻变成鲜奶

　　牛年，牛年
　　牛群奔向我模糊的眼神
　　驾轭拉犁的奋蹄昂首
　　冲锋陷阵的头顶利刃
　　带着火光

我儿时的照片

我儿时的照片
已经发黄,一个平面小子
夹在父母的相册里
骑在挂水桶的树杈上

从我儿时的照片里
我看见自己朝自己走来
听见每一个脚步的回声
如果没有这些回声
我能否走得比现在更远

幸好还有儿时的照片
不用倒退就回到从前
才知道什么叫岁月捉弄
使我年老又使我年轻

大嫂

你不在家,柴门虚掩
听说你偶尔出门,因为
祈祷。去也去不了多大时辰
瘫痪在炕上的大哥抹把泪说

大嫂
你看你瘦得都不像你了

唉,大家忙着进城去了
我一个人种着好几家子的地
总不能眼看着就让它荒了

反倒是摸着我半头白发
把你心疼得手直哆嗦

大嫂
这是你请回来的经书吗

你知道我一个字也不认识
随风翻翻呗
摸着黑儿摸摸

睡觉搂着

大嫂
拿着,这钱你拿着
看病抓药吧

哎。拿着,拿着
等到了时候,时候到了
自己给自己
买纸烧

童年纪事：电话线

黑乎乎带响儿的电线
从北京的金山上拉过来
为了厂沟供销社柜台上
带摇把儿的电话机

喂——喂

一列麻雀在倾听
把电线压得更弯了
我也想跟它们挤一挤
又怕把电线给压断了

童年纪事：小桃树

高粱苗蔫巴的影子里
小桃树的叶子还不像叶子
如同豆瓣儿

带着土砣把它栽在
窗根儿，一手挡风
一手遮阳

眼见它蔫了耷拉脑袋
抠出来看看，底下没根
桃核儿咧着嘴说不出话来

笨高粱

> 乡下有个传说，说是
> 有个员外，五亩地种棵高粱
> 后来居然长成大树
> 婆娑的穗下简直可以乘凉
> ——苏金伞《土的气息》

赶紧从传说中归来吧你
咱们要一起回到家乡

带着如火如酒的问候
带着如醉如痴的神情

反正你压根儿就不是庄稼
是阳光的种子星星的子民

你和你满山遍野的子孙
生命对于自己像是外人

想绿就绿有谁那么绿过
谁又像你那么红过地红

轻轻一捻高粱粒儿
就是红红儿高粱酒

不是祖传的粗瓷大碗
怎配你的血性和灵性

风雨中一把拉住你
脚趾生出抓地的根

看你一眼，沉思一生
想了爹想娘又想祖宗

亲手揭开你的红盖头
来世你就是我的新娘

青秋秸是咱娃儿的马
红穗子领他们进了家门

白水瀑布

不是白岩石
不是白岩石一样
　　砸
　　下
　　来
是山和水的齐心协力
是美丽的自然呈现了
　　美

说不定这才是汉字起源
或许这也是神的书法
先把白水写作
　　泉
再把泉字拆成
　　白
　　水

也是透明的你
但不被钉在
　　悬
　　崖

上

活生生的一幅画
忽然走出了画布
天下女儿水为魂
水灵灵的身子戳在我面前

从此我不再是泥人了
水灵灵的水
我让你顺着我的胸脯流
到了大海你可要快回来
我在云彩下面等你

根

一棵老头松
与另一棵
守在全新的瓷盆里

随身带来半截儿根

一抔新土下
它们的根,即便想纠缠
也难以纠缠到一起了

风景

小小歪脖儿松
跟着一阵风
走出了松林

孤零零

彼此拉开一生的距离
不是风景
倒是风景

孩子问我知道不

设想是因为树的高瞻远瞩
深思熟虑,叶子落了
让孩子有机会
看见绣着花纹的翅膀

大风里落叶乱归鸟
疑似落叶又落了一次
孩子问我知道不,看
鸟儿把绿叶带回树上

采蜂

当太阳升起
一窝蜜蜂从蜂房分离

小小的机群
满载花开的声音

养蜂人家急红了眼
抓一把土向蜂群扬去

我在前方花树下
企图把一群春天拦住

蝉 鸣

一只蝉
至少被尘埋一千零一夜
得以放风

两只蝉
为妻者注定是哑巴
脉脉深情默默而终

三只蝉
总有一只正拱破泥土
不知道头上是怎样的天空

四只蝉
在高枝上,鸟翅下
为谁而鸣

你是另一只
永远把自己包在泥里
对心中的秘密守口如瓶

我是又一只

试图为生命而说出
却原来唇舌都是泥的

大老鹰

山民管鹰叫大老鹰
随手一指说：看
大老鹰，比天还大

那是在上庄
上风，上水
大老鹰领着云彩飞行
或盘旋于花宝石北山之绝壁
一双翅膀扇动山风

有时大老鹰是静止的
像天的补丁
似乎没有它
天就有漏洞

绝顶之巢
疑似天上
云里雾里如白天的星星
山猫独自看见大老鹰的蛋
说是蓝色的，比天还蓝
而且有星云一般的花纹

因为见不到大老鹰的尸体
都说它活到老，飞到老
持续飞升。而我
让它在诗里搏击直到燃烧
变成火烧云

远离大老鹰的日子
老是怀想
它的影子

只有在大老鹰的影子下面
你才能感觉它的分量
只有大老鹰的影子从山脊碾过
你才知道什么是山响

也只有在大老鹰的影子下面
你才有把握认定
大老鹰已经老了
而它背负的天空忒重

把天空交还给天空的时刻
即将来临

尺蠖：读马丁松同题诗

你在大叶桑上爬
退一步，进两步

一条嫩黄的腿到了桑叶边缘
的确如诗人所描述

要向叶子外面荡去
向空茫的宇宙寻找栖处

但是风
并不让就近的枝条靠近

咫尺间的叶子也不伸手
看你把一根晶亮的丝

与阳光拧在一起
让身体悠然垂下

游荡着，游荡着，转体，屈身
变作青枝上的青枝

挖掘：读希尼同题诗

让我来——责任田里
挖石头，挖土豆，挖白薯
挖菜窖，挖墓穴
臀部撅着使劲，但不会弯曲
弯曲的是老腰
扭动着弯曲

用胶皮轱辘做成鞋底
踩住尖头铁锹上的卷边
铁锹并不能切进砾石累累的土地
试探，试探，小心试探石头缝隙
扔掉石头留下地气
埋住种子

我承认我所面对的诗人
让感觉进入了文字
但要挖掘，在骨节粗大的手指间
夹上如枪之笔
那是纸上诗歌
充满职业枪手的
戏剧性

偶尔挖出泥猴儿一样的小林蛙
棺材板的碎片和发黄的骨头
赶紧埋上。有一回
我挖出一个刻着字和符号的
巴掌大的石片儿
至今藏在我家菜窖里

微小而又透明的鱼群

巴掌大的椴树叶子
被老岭举过头顶
卷着雨露,其中有微小而又
透明的鱼群
迎着风,微微摆动

你们怎样来到这高处
为啥在败叶上留下种子

晴空下,秋风里
卷曲的叶子边缘贴满鱼干儿
眼睁睁仿佛等着
在我的泪水里转身

冥冥中无形的期待
摆出有形的命运

当年家山见三回
此刻,我开始怀疑自己的眼睛
但无法用例外说服自身
微小而又透明的记忆
微微摆动着,迎着风

巢

太阳还没出窝儿
山雀子成双归来
叼着泥草、化纤和羽绒
抬来青虫与光明

老屋的对面
先人的领地
最高最大的土丘里
住着祖宗

山雀子忙于絮窝儿
在坟头柴草里建造天堂
喜鹊把小轿儿抬上高枝
忙于风吹雨打的爱情

山雀子的巢儿是半圆的
坟墓是半圆的
高悬的圆圆的喜鹊窝儿
地球的化身
日月的缩影

喜鹊登枝

河岸飞来的花喜鹊
一对儿一对儿比着飞
叼着柴草使劲飞

身子忽然高起来

转天是双双抬来木棍
在北台子独一无二的大榆树上
用晨光把木棍绑结实

大树忽然高起来

翻盖老屋的人搓着手
咱们打地基啊
人家上人梁啊

心儿忽然高起来

山喜鹊

门前的山杨树
眼睁睁被放倒了
大树倒下"吱吱"的声音
喜鹊窝落地"噗"的一声

有一对喜鹊正朝它飞来
身子忽然飘了起来
虽然山喜鹊有翅膀
可也不能老在半空飘啊

忽见美丽的鸟儿
飞离地球。我飞起来
追,追,拂动双臂
醒来才知道身上还没羽毛

长尾巴山鹊开始搭窝

老榆树刚刚长榆钱
长尾巴山鹊开始搭窝

真是好天气
天空比海更蓝一些

半个鸟窝在高风中摇晃
那么高,高得让人不放心

更让我放心不下的是
另一只山鹊去向不明

蓝鸟

她俩异口同声地
说：在房西大石井子上面
河套边的石墙缝里
有一窝你一定喜欢的小鸟儿

挤眉弄眼的姐姐讨厌死了
不肯将鸟窝指给我
在她俩临近出嫁之时
在我七岁那年春天

我踅摸好一阵子之后
看见两只蓝鸟
在河卵石上颠它们的尾巴
眼神总要规避一个方向

当我盯着它们的规避寻找
它们就急了眼，想冲过来
却又假装没事儿一样
转过身来，转过身去

凭了蓝鸟眼神的余光

我找到它们家的方位
伸着耳朵听，小鸟儿
忽然不管不顾叫了起来

捧着正长毛儿的红肉蛋儿
看八只小小的眼睛看我
小眼睛，闭不上的小眼睛
没有牵挂，没有遮掩

它们冲我把嫩黄的嘴巴张开
好像我就是鸟妈妈
嘴上也叼着虫子
好像要连我也一口吞下

见我并没将鸟窝端走
两只蓝鸟一阵乱叫之后
给我以感激和信任的眼神
贴着山谷飞去

待它们叼着虫子归来
在石头与石头间跃动
我眼前再也没有蓝鸟了
跃动着小块小块的蓝天

寂静黄昏

寂静黄昏,林表纹丝不动
此时林中鸟
一声不吭

蓦然一声叫,一声怪叫
它从高枝上扑下来
闪过丛林的缝隙,擦过山的边缘
重新上树
睁一只闭一只
脑门上的眼睛

许多年以后,我看见
梦中的鸟儿又回来了
也有可能是记忆中的那只
似乎它也是如梦方醒

牧羊人
——致诗人佩索阿并怀念父亲

你说你不知道在想什么
你也不想知道,你
和我一样,我也不想
你从来没有看守羊群
却仿佛曾经看守
因为灵魂宛若牧人
我不一样,我是当年的牧童
跟着父亲

你注视你的羊群
看到了自己的思想
或者,你注视你的思想
看到了羊群
我不一样。父亲把羊群交给我
靠在北山的松树下写诗
写花草半山,写白云半山
羊儿半山
把野鸟全都挤到天上

饿着肚子,戴罪抒情

天知道他在想什么
我只想让羊儿赶紧吃饱
天黑之前回到妈妈身边

可是那些羊啊
你哪里知道,开春的时候瘦若荆柴
一身大大小小的脓包
在南来的风里赶它们上山
鞭子赶不动,骂声赶不动
一只一只推着走,两手脓血
一身腥臭

暖风把青草吹上山
可是羊并不想在山坡上吃草
它们溜到地边偷吃庄稼
有的比我还熟悉地形

秋天生儿育女
头胎的母羊就像不小心怀孕的少女
她不知道肚子里的生命是
上苍赐予
只想尽快摆脱纠缠
你得揪住她的耳朵,搂着她的脖子
才让拜过四方的羔儿跪在跟前

还有那些为母羊顶架的公羊
本来在悠闲吃草

转身就顶撞起来
就头破血流,就一川石响
而青草
一半在嘴里,一半在嘴边
像绿色导火索

你从来没有看守过羊群
也不去寻找
而最终找到了你的羊群
我是一个牧羊人
跟着父亲
父亲把羊群交给我
靠在北山的松树下写诗
他老人家而今不在了
留下我独自守着禁牧的空山
和自己

牧羊曲

风雨牧你,你牧羊
蓑衣是云海椴麻的帆
乌拉是草浪牛皮的船
你像桅杆,不是桅杆

夏天你怕羊儿热
领着羊儿山梁上转
冬天你怕羊儿冷
一根火柴点燃云彩

白水煮萝卜没有油盐
羊儿吃草声如雨如烟
浅浅泉边共羊饮
深深山谷伴羊眠

给每个羊儿起个名字
和我的名字一样动听
给没娘的羔儿喂米汤
像鸟儿喂小鸟儿从早到晚

岁月匆匆羊反刍

咩咩回味你牧羊的岁月
爸爸，捯着您的牧羊曲
我回到家山来拜四方

羊吃草

羊吃草
羊
不光吃草

羊吃草
低着头
幽幽的庄稼在眼里

羊吃草
留下树苗
等着小树长成大树

野羊

坚实的没有悬棺的家山
悬崖上悬挂两只野羊
快要散架子的野羊啊
真实又空洞
它们的脖子被钢丝勒住
紧紧的,好像怕有丝毫的松动

仿佛一觉醒来
面对尚未了结的一个
噩梦

野羊用半个蹄子在岩缝中行走
如鸟在空中
只需一些青草、树叶、阳光
就有一身血性
它们遥望,寻找猎人
眼神充满山的坚定

而它们中了圈套
连猎人都已经遗忘圈套
(或许是风

是一个对另一个的隔山呼唤
左右了它们的命）

我久久注视两只野羊
它们在我眼前妈妈叫
没有回声

纪念碑

你说得对!纪念碑
是一株开不败白花的植物
有时像一只翘起的拇指

显然是一支手杖

就在那个夜晚
你抓住炮火中横飞的青枝
支撑起前进的愿望

果然是一支手杖

当你面对朝阳
在一种力量形成的瞬间
随手将手杖插入石头

依然是一支手杖

消息树

> 山梁上有独立之松
> 那是当年我爷爷他们抗战时扶着消息树的地方
> 常有长者朝高处随手一指说：
> "看，消息树……"
> ——题记

悠悠高于春秋的树木
在枪林弹雨中抵达峰顶
所有的年轮，围绕一颗心
而每一片叶子都是眼睛

悠悠高于生死的生命
倒下去是为了站起来
与生相依，以死命名

悠悠高于自然的造型
被偶然确立于仰望之中
所有松柏，沿着山脉向上
不顾风雨阴晴

鬼子坟

这个鬼子
一脚就踏上了错误的道路
故乡在他的大头靴里
征途在遥远的他乡终结

埋地雷的人
把他
埋在了
埋地雷的地方

鬼子坟
是不是另一种形式的占领?
这是我们的土地
连孩子都知道
我们的!

要不就让他留在这儿?
让他反思
其实并不遥远的历史

你不是我们请来的

或许也不是你情愿来的
不管怎么说你得想想
为什么你来了但不能回去

鬼子坟
对于我们美丽的乡土
永远也不会成为风景

喜峰口

就在那年春天
喜峰口那一仗
打大了！我爷爷说：打大了！
大刀队砍得鬼子头
满山乱滚

大刀队砍得鬼子头满山乱滚
《大刀进行曲》唱到如今

夕阳西下之时
我登上长城的箭楼
遥看往来依旧的烟霞
依旧是浴血的兵马

忽然又想到我爷爷
我爷爷非常肯定地说
他不是我的亲爷爷
亲爷爷让鬼子抓走了
从喜峰口走的，再没回来

可是我看见他回来了

朝着口里回来了
白骨在路上
影子在奔走

守望长城

我和老屋,在长城边上
这里居留着最后的太阳
还有无人清扫的月光

我和老屋,在长城边上
我们把自古英雄守望——
他们无处告别
　　　也就无从离去
他们拥有江山
　　　却又两手空空
他们为长城而死
　　　对坟墓从不适应
他们因长城而活
　　　生命有永恒的特征

我和老屋,在长城边上
一切都是我亲眼所见——
亡灵和石头一起养神
　　　以沉默预言战争
精魂出入砖石的缝隙
　　　在鸡叫之前散步

他们不与我交谈,他们听
　　只听我不能说出的话
他们所到之处
　　绕过新鲜的蛛丝

我和老屋,在长城边上
看长城是活的,如一只尺蠖
要么前进,要么后退
忙着把岁月的脚步丈量

我和老屋在长城边上
高高的向日葵紧贴着城墙
死亡在它的思念中
它在思念中继续生长

鲁迅峰

拿手机随手一拍就是了
你自己给自己一个特写

久已疏离的亲切扑面而来
鲁迅！鲁迅！栩栩如生

鲁迅来到我家山
靠在诗上庄西大梁上

读读鲁迅，想想鲁迅
你是鲁迅，鲁迅是谁？

对于我，与我们
这是个摆在面前的难题

敢说认识鲁迅的
也敢说认识自己？

化蝶

蝶因心动而动
翩翩复翩翩
脉脉情人全是庄周

不是谁都能脱胎换骨
千年等一回
任二胡独奏
提琴和鸣

谛听到白头
两只蝶儿落下来
不在左手,就在右手

蛇皮二胡

只用其中的一把演奏
声音喑哑
同奏则顿时气韵飞扬
一曲终了,绕梁三日

心里头有话不可以说
二胡可以

这两把二胡的蛇皮
一雄,一雌
发生在两条蛇之间的事
动了彻底的私心

石头碾子石头磨

石头碾子，石头
磨，老屋房山的四块石头
竟然是绝句
起承转合

碾盘上的轱辘
本是一颗星
你推着，我推着，大家推着
从寰宇走过

而两个磨扇一个磨眼儿
是天，是地
在光中分开
暗里重合

陶器

钻木之火
老土和泥，和血汗
栩栩如生的鱼纹花纹
围绕独一无二的指纹

一腔清泉烈酒
或怀抱饱满诚实的种子
永远也不曾空空如也
至少居住一个记忆

火里重生的骨肉
脆弱而又刚强
万岁，万岁，万万岁
以一摔即碎之身

鬼打墙

夜行者忽然走上绝壁
如履平川
甚至忘了肩头负重
走啊,走啊,不歇,不停

一个鬼打墙的人
在人生的外面兜圈子
一个遇不见另一个

除非亲人及时赶到
喊他的名字,或大喝一声:站住!
让他答应,让他回头
回到家里

用不着风吹草就低了

草芽小心地抱紧自己
等待地缝儿等待天机

用不着风吹草就低了
生来就带着风的姿势

他把雪花儿别在头上
你把露珠儿揽在怀里

无所谓生也无所谓死
要只要一秋好风好雨

不见你高飞背夕阳

不见你高飞背夕阳
留下天空的空

以闪电的姿势你扑下来啊
哪怕你以我为猎物

哪怕你一把把我揪起来
一把把我揪起来抛在空中

哪怕是你
拖着与狼共舞撕裂的旗帜

哪怕是你
戴着镣铐的骨架暗自哀泣

在你飞剩下的时间里
还有什么可以飞来

双臂呼扇成幻象
飞啊,飞,又像驱赶

小鸟窝

我要让这灵巧的小鸟窝儿
连同带着花纹的鸟蛋
和青枝绿叶一起装饰新居

可是它不让多看一眼
不让摸。沾了生人气
热乎乎的家说凉就凉了

红脸蛋儿小姑娘跟我说
就在这个窝儿里,原有四个蛋
刚刚被鸟妈妈搬走了一只

我伸出的手,再也
无法收回
请鸟儿落在我手上
直到把剩下的鸟蛋孵化
石头蛋蛋也长翅膀

在山谷中的山谷中

向壁一呼,山有情肠
你叫出一个人的名字
叫出自己的名字
哪怕是一个死人的名字
都有回声

连绵的呼唤
连绵的山音
成倍的时间和空间
在山谷中的山谷中
围过来
并不回应你的内心

小小露珠儿

太阳来了,月亮
去了,星星走了

小小的蜥蜴张着嘴
守候在草叶下边

沿叶脉而下的小小露珠儿
快到草尖儿了

小小露珠儿再也挪不动了
瘫在那儿,一身灰

火车连夜赶回燕山

火车连夜赶回燕山
凌晨三点抵达兴隆
四十年前我离开这里
六十年前在这儿出生

是的,山,还是那些山
火车把落叶卷走了
我跟亲人回到温暖的家中

北望夜空
那有着长明之火的
不是虚无,不是别处
那是大都的屋脊
燕山的主峰

燕山主峰啊
你让我平生第一次看见
天庭也近在眼前
雪花莲把雪花一一稳住
北斗星对应着七盘井

西沟

南沟,北沟,统称为
西沟——我的
上庄老家之村民六组
二十户,二百年繁衍炊烟飘飘
北台子上的墓地挤不动了

想当年一棵独苗落户沟里
播向天涯无数芳草

把孤独祖母与继祖父的骨头
移到新房子门前合葬
九泉之下什么滋味
只有泥土知道

别过石庙子,回首三仙洞
揣上石斧和绳纹老陶
悠悠二百年沧桑的前身
漫漫五千载不朽的古老

我的母土与万乐之源
百度地图上可以查找

北台子墓地

青驴白马,秋风落叶
大道向西,落叶
把落叶卷进土里

第一代祖宗在这儿开荒
让一片野土成为墓地
让长不大的荆柴长成树林

子子孙孙春种秋收
直到一个个佝偻了身子
心——离土地越来越近
最终与泥土合而为一

生为对手,死为邻居
富裕者把田园留下
贫困者把债务留下
有德行的带着德性
没德行的背负叹息

睡得不太深也不太浅
离得不太远也不太近

当人们昏睡，你们走来
当人们怀想，你们远去
或用骨头照亮道路
或用胸脯温暖大地

过去了的，让它过去
但要回忆。回忆
使杂草也生动起来
一个梦走进另一个梦里

活着好！活着，年轻美丽
老了老了尤其美丽
面对北台子召唤一声
昨天逝去的明天转世

有声有色的不单阳光
有滋有味的何止空气

青山之墓

青山脚下埋葬青山
青山不是山,是一个人

他是杨白毛子的长工
盼着白天下雨夜里天晴
他是抗日民兵队长
真刀真枪和敌人拼命
他担任党支部治安委员
吹胡子瞪眼,六亲不认

墙根儿的老人昨天还念叨
一个说他死早了
晚一年也让他受死罪
另一个说他死晚了
早一年他还是个好人

他活过,有过青山不老之梦
死于1966年寒冬
没有追悼会,没有哭
没有花圈,没有纸钱

搬家记

一

那个冬天,我们搬家
从马车搬到汽车上
向亲人挥手
一手遮住了整个村庄

我们把别的东西都搬走了
留下空房子
和一盘土炕

二

作为命中注定的长子
早在我出生之前
已经跟随父亲前往燕山
母亲被指定为我的故乡

离开母体,我是游子
却怎么也走不出一辈子

一辈子，在路上

三

一路念天地之悠悠
从祖宗想到全人类
古人和来者
全都躲在什么地方

四

肯定有一个更大的家乡
一个可靠的居所
我就住在我当中
我的身体
我的一米八八的住房

这才是安居工程
故园和新居在一起
不必回迁
无法拆迁

五

我们的身体，骨肉建筑

可以自由移动
带着脚印和脚印的沙沙声
大风吹动青丝白发
演绎茅屋望断秋风的形象

我们的身体
坚硬又柔软
纸一样的皮肤包住火一样的血
滴水不漏，留下的是出口
并非创伤

我们的眼睛
总是把最高的星辰仰望
手臂没有羽毛
梦里赤身飞翔

只是不能过于莽撞
皮肤是一生最后的边疆
灵魂也必须住在体内
否则将被大风吹到天壤

我们的身体
这心灵的驻地
一个心灵一盏灯
照不亮的只能是地狱
被照亮的才是天堂

六

而最终
每个人都是临时的
走不完的是路
我们的一生啊——从出生到墓地
可能比这更短
但不会更长

总共算下来
老汉我搬家东西南北
等着再搬一次
等着那个时候
在我不在的地方

出门在外

出门在外，一路风尘
一步一步是慈母的针脚
脚印留作自己的碑文

出门在外，想念亲人
越拉越长的是身后的瞭望
耳边总有熟悉的声音
喊你回家吃饭的声音

一个人独自向远方
背负整片乡土的体温
离老屋和十炕越来越远
离惦念越来越近

我跟我自己乡音不改
一路南船与北马
举头望明月望见家门

背着破烂行李我要回家
找到了天堂我也要回家
晚秋是游子魂归的时辰

没有没有走过的路

没有没有走过的路
也并不存在千差万别
但丁迷失在荒芜山野
忽然发现路在脚上

据我所知，燕山里
河道，风道，鸟道
能落脚的地方就有足迹
道路因弯曲而离合

户户通通到家门口
水泥路上留下凝固的脚印
家门前除了这小径
再也没有别的路了

驰梦的罗盘没有指针
在岔口或拐角抓挠心
最终走出来，多年后
梦境出现在现实之中

离家的路固定不变

该走的都走了
总有一条回头路
要是他们还能回来

远方

在燕山老家
我把自己打发到山外
山外如果依然是山
也就死了心
带回一把骨头

出了山口是平原
大平原，无尽头
好像过不了多久
自己就是平原的一部分
天空越来越低
土地越来越厚

忽见山海关
远海高于岸
大海在水里
山在水下面

燕山

> 燕山啊
> 我灵魂的父王命运的主
> 满载石头和呼吸的古船

序歌

八百里燕山幽幽
八百里伟岸身躯
八百里蓬勃生气
八百里春草若丝
八百里雪花如席
八百里日月观沧海
八百里牧马走东西

上苍让雾灵山独自耸起
成为燕山的主峰
给我家,给我
高于三千尺之青峰

凝视于峰巅之上

山顶洞的炊烟是一棵树
玄鸟翩翩来自《诗经》
天坛之下,石头里有太阳
地坛之上,土里有神

顺着青山的剪影看去
所有事物源自黑土
史前维纳斯的小小子儿撵着玉猪龙
离金瓦红墙越来越近

以轻风的轻柔
以细雨的细致
抚摩打着姓名的老砖
和刻着年号的仙人塔
哪一处不是歌与哭的支点
是石头就是纪念碑的缩影

幽幽八百里
九龙松下的百姓
外八庙里的神灵
山核桃上的象形文字
你们说,你们说——

燕山是怎样一方后土
让江山扎下深根

断章一：长城

一面老墙
方块字垒起来的史诗
一行

长长的长长的长长的悲歌
长长的长长的长长的绝唱

我们看长城
不！
我们望——
老龙头出海冲塞起
山海关入云与天平
八达岭漫漫风飘无止期
金山岭落日动边声

一

尘埃零落了
青山不老
长城长
长城生长

鸟语可以破译

而长城这个长句子
只有它才能拥有它自己的口吻
与梦想

二

曾是怎样有力的手
把长城指出
又是如何不屈的意志
调动了一代又一代的激情
与力量

一砖一石靠梦想养育
一个梦想养育了另一个
梦想

长城起伏
白昼把日子带回黑夜
历史又总是在更高的风中
迎接无法抗御之光

长城长
长城生长
长城
在怎样的血肉上才能生长？

三

关口—关口—关口
夕阳—夕阳—夕阳

荒台冷露，云山白骨
自古英雄安在？
在！
在边关
山民往来的路上

假若不是我亲眼所见
我也能感觉到他们走来
如同当年他们还在
剑戟刀枪十万队
青丝白发共飘扬

四

他们透过砖缝看我
很认真的样子
肯到我们不再陌生

他们什么也不说
背着手领我从头走
箭楼里遇见戚继光
黄金台别过陈子昂

起起伏伏的胸膛
挺挺拔拔的脊梁

五

孟姜女在老龙头的影子下面
让白天忍住的哭声
凝成夜露。大清早
她用海水擦亮泪水
以最东方的姿势伫立成石头

六

一轮山月苍天的眼
再大的风沙也不流泪

山月用她的眼神提问
你是谁，王霸的儿孙
女娲的子民？
你把城砖背回家
就为了砌个门楼垒个猪圈？

我该怎样回答
我说众志成城
长城无须新砖？

那又是谁
走了比长城更长的路
发誓筑一道新的长城?

那是进京赶考的一群
被迫着发出最后的吼声
他们的目光比长城远
随手指给你
一面墙
一面墙就是
一条路

七

尘埃零落了
青山不老
长城长
长城生长

长城,长城
在内心和土地上
永远生长?

断章二:故宫

古老的故宫啊

你这精神的血库连绵的恩情

当金字塔的尖顶拒绝青草
恒河岸的香火驱赶炊烟
杂交的粮食牛马的乳汁
喂养了燕山和它的故宫

大都是燕山之长子
集各色精血于一身

北风南下的黄昏
骑马闯入古北口的壮士
城门外还是冒险家
进了宫已经是皇帝

春雨北上的早晨
乘船北上大运河的少女
让流水把身影带回家
戏楼里把昆腔唱成京剧

而风
最终要去追赶大雕的影子
而雨
转过身来不辨来路

谢天,谢地
以纪念碑为界

半城古人
半城来者
新鲜的阳光铺满广场
大汉挥手登上城楼

永远大我十八岁的妈妈
随手又给我一个故宫

　　　断章三：皮影儿

看皮影儿从自家窗户看起
追着看到滦河尽头
看山与海的背面深远的灯火
京剧和评剧的夹缝中
一片空白

只有空白能容纳皮影儿
一通叫头的锣鼓过后
自弹自唱自己耍把自己
亲手把身世和命运展示
给黑夜

女人啊，荆钗
布裙，披星戴月
咬着牙把日子扛在肩上
她们从村妞走成村妇

小脚儿走在大脚的前头
黑夜里盘腿坐下来
坐下来便是摇头的线拐

汉子们,总是稳步
走向山野,三月在野
六月在野,九月在野
劳动使他们活着
他们为活着劳动一生
脸皱了,背驼了,牙豁了
胸脯贴着地皮了
说走就走了
头也不回

断章四:山音

分明弹指即逝,又久久回旋
分明离你很近,又春远秋远
分明无形无状,又清晰可辨

一

面对燕山我一声呼唤
蓦然间沟通上下千年

先人哪

我听到你的声音了
你的声音如风如雨
在我身后,又在面前——

孩子,有你这一脉热血
我便不会离去
我求助上苍保佑青山不老
我为后八辈儿取好了名字

啊,山风不断
祖宗的叮咛不断
啊,山雨连绵
山民的血脉连绵

二

那时我年少,置身山谷
山音里自己跟自己交谈

娘啊,娘啊,娘她锄禾
锄禾日当午野草无边
爹啊,爹啊,爹他牧羊
牧羊在南山云埋雾掩

校门之外
草木教自己一二三四
柴门之内

梦也梦不到山的外面

三

头羊在前面领着走
一声哨儿响，几声
　　妈——妈
　　羊儿归圈

羊儿归圈，小溪流水
　　哗啦啦
　　哗啦啦
一群小山包儿追着云彩

一只，两只，三四只
数来数去总是多一只羊
重数一遍。梦里再数
傻狍子偏偏知道躲闪

端坐于老屋一角
听羊儿半夜里反刍白天
　　月儿歪了
　　羊儿静了
自己跟自己交谈——

祖宗姓刘与皇叔无关
豫州牧之牧与羊无关

风来了
　　雨去了
横也是鞭竖也是鞭
　　山青了
　　水绿了
羊也悠然人也悠然

一蓑烟雨任平生
看树，树绿，树比葱还绿
看天，天蓝，天比海还蓝

　　　　四

当我出门在外
一路摸回来
身影在朦胧山影里隐现
熟悉我的人看了我半天
你是谁啊

大娘腾出热炕头儿
说：我在等你们，要不早走喽
老家伙都快走光了
年轻人搬到了山外
有的搬到了村庄的背面
说着说着她打起了呼噜
嘴还没合上

与我挨肩的光棍儿大哥
以砍柴为生
孝顺出了名
谁想最终被贼人算计
三十年打柴一夜精光
还被诬告,被警察抓去
窗根儿的棺材漆了三遍
可是,可是
丢得下性命丢不下家啊
这不回来了
把镰刀磨得飞快

五

挟山风而谈
和百鸟而谈
万壑有涛声
万桫鸣泉

每一片草叶都有心事
从春天说到秋天

六

忽然想起你,想起你
老南沟里的茅屋三间
你那湿漉漉的椴麻蓑衣

你那闪亮亮的燧石火镰

树也想你
影子要与影子为伍
山也想你
山音要与心跳相连

一辈子不吭不哈
守林子,看庄稼
任山场分了又合
任田地合了又分

看新芽儿萌生看完春天
听秋虫儿呢喃听到月圆

儿女也搬到山外去了
随他们去。把酒临风
将悄悄话儿
说给门前的芍药月季
说给屋后长眠的老伴儿

你去查山场,走得太远
山谷里散尽最后一缕炊烟

松下无童子
问黄花流泉
满目青山全是你的去处

满坡满岭都是花圈

七

燕山啊
我灵魂的父王命运的主
满载石头和呼吸的古船

树木与炊烟，山民
和山草，一起生长
谛听或倾诉
谁的嘴唇，谁的耳朵
你无法一一分辨

当我迎风歌唱
或坐在沉默的雾灵山顶
我看见就在我的对面儿——

渐渐耸起的回音壁
让地平线的褶皱
剧烈又缓慢

日久他乡

白洋淀往事

一

明亮的早晨失约之后
夜,提前来临
千里堤内外难分

白胡子老人随手一指
你看,那树
全是拴过船的

而船已干裂
像干裂的嘴唇,要诉说
竟无从说起。像耳朵
在倾听,听雷声,来了,来了
又忽然远去

二

当天地开合
彩色的星辰化作珠贝

青草和人群涌向水的退路
我看见母亲和母亲的木桶
木桶里荡漾悠悠的晨光

古老的木船吃水很浅
而水上的道路越走越宽
那些桨,一点儿也不
像水鸟儿的翅膀
它们本身就是水鸟儿
让远处的芦苇和更远处的芦苇
——凫到你的面前

野鸭子野
红鲤子红
白云白鸟
水净天秋

两重天空之间
那绝世的美人儿,水做的美人儿
将手指间柔滑的苇眉子
编入经典
她的身子下面洁白一片
天使和女儿在她身旁
她称之为
荷

她不看我

也不看云
偶尔瞟一眼
远和近

明月用明镜寻找歌声
明月在水中就是心灵

当细小的水泡儿冒出来
那是鱼儿诵经
当正午的梆子准时敲响
那是上岸的老寿星快活着
用脑袋敲打它自个儿的背
偶尔停下来，等待回声

三

从什么时候起
水悄然退去
不再以明亮显现形体

从什么时候起
水悄然退去
黄昏在热土上蹭它的背

从什么时候起
水悄然退去

道路甩着尾巴穿过湖心

干涸的湖水
沉默的虚空
大淀里赶马车的是水生的老伴儿
哼一声：小妹妹我坐船头
尽管只有她自己才能听见
还是赶紧把脸捂住

他们的儿子
（他们的土生土长的儿子
已经不会织网的儿子）
于扩散着的皱土中
渴望新的捕获
泥土里到处都是不准出生的
鱼

芦苇一夜白了头
淹死人的事渐渐成为传说
墓园中那些石头的眼
日日夜夜都不敢睁开

四

干瘦的水乡诗人李永鸿
独自蹲在小李庄的堤上发呆

回想风流的采莲女
淀做脸盆风梳头的日子

他的灵感风干了
他的渔歌被糖醋了
借一碗烧酒
把一脸皱纹看作水纹

哦,野鸭子野
红鲤子红
喃喃着把两耳伸到七十二淀之外
倾听再度洪水之时
咕咕的鸽子

好多年不见大水了
听说洪水将至
孩子奔走相告——
洪水!洪水!洪水!
洪水就要来啦
洪水!洪水!洪水!
怎么还不来呢?

五

洪水说来就来
石头漂起来成为星星

洪水说来就来
越来越深的水
使我肤浅

水生，水生
你在水中新生了吧
你的船儿投胎了吧
一脸无人见过的苦笑
不见船影儿，但见
锅碗瓢盆漂离家门

暮色苍茫的时刻
回头是水

六

荒岛之上
寒烟之下
白胡子老人和我面对残局
仿佛仅仅因为随手
水飘然而去
蓦然而来

七

当我试着说出心思
才知道本性拖泥带水

当炊烟重新顶起来
孩子揭开粘在一起的历史课本
当草籽儿长出眼睛和尾巴
拴船的树木重新行走

我注视时间,时间若水
我注视青草,青草如茵
过去尚未过去
未来已经来临

草原

春来草色一万里
万里之外是我的草原

要有一株苜蓿
要有一只蜜蜂
有蜂嘤的神圣与宁静
没有阴影

要有一双更大的翅膀
为风而生
要有一个小小的精灵
直指虞美人的花心

要有一匹小马,雪白
或者火红。让它吃奶
一仰脖儿就学会了吃草
草儿青青。而草

一棵都不能少
哪怕少一棵断肠草
天地也将失去平衡

干草车

北草地的干草车
慢悠悠，晃悠悠
朝着老妈妈的记忆移动

东边来一挂牛车
西边来一挂牛车
南边来一挂牛车
北边来一挂牛车

全都装得老高老高
怎么装得那么高啊

干草车，为什么要
一定来自东南西北
妈，咱把四句换作一句好吗

不好！不中！干草车
本来就是从四面来的
北草地的干草车离村庄很远
但越来越近
暖烘烘带着冲天的香气

2010年7月16日张北日落时分

北京时间十九点四十五分
太阳开始下沉
太阳在山的反面下沉

太阳在太阳的热血中下沉
二十点零一秒
忽然没顶

这火山口上
并不遥远的中都故地
夜色来得好快啊

刚刚还贼亮不敢睁眼
转眼一抹黑来不及覆盖
我这时光里失落的孩子

此刻我在想些什么
太阳眼看着消失了,天都黑透了
太阳并未下沉

秋夜与大解在坝上说草

起风了
风把野草吹过来

还记得背水滩上那些草吧
那些离群索居的草
因为长在石缝里
侥幸躲过了驴唇马嘴

  我记得,我说过:
  风把它们摁倒在地
  但并不要它们的命

还记得大先生的野草吗
在这只有野草的火山口上

  我记得,他说过:
  当我们沉默,我们充实
  当我们张嘴,我们空虚

又起风了
风把野草吹过去

半坡村

有血有肉的人随风而去
尘埃覆盖了最高的陶器
我是在灰冷的瓮棺之中
看见姐姐的没有面颊的
笑容　还有红痣和胎记

强壮的母亲　她是泥的
没有盛开着花朵的衣裙
她躺着是路站着是雕像
正午的阳光下一身赤裸
瞭望着命运的神秘布局

她在风中播种　静静地
她种瓜点豆并种下日月
倾听泥土里蠕动的声音
她用她的奶水讲述生命
哺育了一茬又一茬儿女

是的这就是我们的村庄
让我成为它的长子长孙
让历史成为历史　当我

在秋天拖回巨大的河流
我面前的道路其修远兮

一棵松

一棵并不高大的松
在塞罕坝红松洼之高处
独挡遍地风雪

一棵望不见另一棵

与其说是一棵
不如说是半棵
半个身子被雷电劈去

一棵望不见另一棵

从此岿然不动
历经一生的劫数
头顶不灭的天火

闪电河

闪电放走流水
去吧，去吧
寻找你的大海

草地说
海子不是海吗
草海不是海吗

大海说
来吧，来吧
等什么等

让一棵草
让一粒草籽上的鱼子
成为鱼

海边的墓床

湿漉漉的先人的墓床
与大海和大地一起浮沉
忽而在岸,忽而在水
面朝大海不见春暖花开

先人是大海寻找的人
大地无边,回头是水
先人是大地收留的人
大海无边,回头是岸

当准时的月亮提升潮水
湮没赶海的脚印儿
古老的摇篮摇成海
星星在海星的胸脯上入睡

当潮水退去
大地醒来
乳房和墓床鼓起来
晨风给日头撩开衣襟

海与岸彼此召唤

岸与海唇齿相依
这世上最莫测的风水
在动与静中达成平衡

是先人的位置
使土地回到土地
使海水回到海水
使自己回到前世来生

水做的先人有自己的海
男人也是水中的水
液体的面庞，矢车菊的花瓣儿
簇拥教堂的尖顶

泥捏的先人有自己的岸
女人也是水里的泥
把渔火和沉船揽在怀里
倾听夜半的钟声

大河

晨雾消散了
大河在我身边停住
当摆渡的大船摆过来
才知道大河终归是大河
贯穿古老的血脉

落日沉沙
斗水七升泥
大河在我脚下停住
我担心大河不再流动
不敢追问谁主沉浮
多少回想打马重走泥丸
打探大河的源头

汉霸二王城
半城东流
大河在我热血中停住
你在铁窗前听风听雨
披一身飘飘白发
自己扛着自己的头颅

听鱼龙倾诉
先人临水结庐
大河在历史深处停住
为什么大禹俯身水浒
三年不腐
男女老少崇拜龙
任其经风经雨
盘绕于江山一柱

是黄河清了出圣人
还是圣人出了黄河清
大河因沉重而失去速度
最终在奔腾的回声中停住?

上溯千万年
拖泥带水的心愿
是怎样的心愿
老河口锅碗瓢盆倒扣着
为种子扣住地气
而血汗推动一天灯火
半是抵达
半是幻影

愚公移山
—— 题王屋山愚公雕像

头一个醒来的老汉
首先学会了沉思的老汉
竟然是愚公
他站在王屋山下
高出大山一头

当他路过希望小学
念书的娃娃正齐声朗读：
中国古代有个寓言
叫作《愚公移山》
说的是古代有一位老汉
每天挖山不止……

坚忍而又大胆的老汉
把热血注入石头的老汉
一个普普通通的老汉
一个地道的中国老汉
每天挖山不止

残损的手掌

只听从内心的使唤
让命运，随它的便

土地

　　有感于1947年7月17日至9月13日在平山恶石沟召开的中国共产党全国土地会议和随后颁布的《中国土地法大纲》。

一个关于土地的会议
一部土地法之大纲
落生在平山不平的恶石沟
这本身
就是梦想

谁说梦想不是理想
一觉醒来
"土地回老家了！"
滹沱河和百姓一起欢呼

试着把土地装订起来
我看见它是象形和文言的
是思无邪
是风雅颂

昭苏万物春风里
土地是万物的命根子

所有向往
几乎全部来自足下
庄稼和草木向上祝福
因为得到土地而得到天空

土地，人心
把灯火和星星
——稳住

铜像

老远就望见你们的身影
在西柏坡的高坡上
看苍茫大地沉浮有主

一挥手秋风扫尽落叶
对这一有力的手势
老人多么熟悉
孩子有些陌生

假如你们重新上路
我不怀疑好汉蜂拥
而对于一路打头阵的人
或许只有自己的身影和尘土
才是随从

伫立在历史的转折点上
思想获得金属状态
除了倾听,还是倾听
呼吸融入风雨
说话只用眼睛

但我听见心跳
因为成为铜像而悬在空中

中国象棋

如果棋子并不知道
其实是棋手主宰它们
那么棋手是否知道
自己身处汉霸
二王城外
楚河汉界出自人心
何止八百米宽
两百米深

如果棋子已经知道规则
命运将随手否定其意志
那么棋手当有双瞳
在天大地大的棋盘上
或进，或退
看百年之内
七尺高的人生
被谁操纵

一盘棋，一盘
永远下不完的棋
并非虚构

从河北到河南
我是过河的卒子

争胜负
赌输赢
大风起兮胜者为王
力拔山兮败也盖世

河姆渡博物馆

沉埋于泥里一丈二的稻谷
悬空三尺以上的目光
陶器，木器，骨器
大器不竭的渴望
插进七千年深处的船桨

听布谷叫遍
周围的山冈

耕读与知行因为有你
超出汉诗想象的边界
比神农更早的神农
谷粒书写的子集经史

太阳两旁相守的鸟儿
是不是凤凰

等我赶到的时候
孩子摘食杨梅去了
老人在阴凉里打磨石斧和鱼叉
树枝上挂着滴水的网

瓷片蘸着水相互打磨
偶尔借助风儿打个水漂儿
力求在今晚成为星光

听布谷叫遍
周围的山冈

至于陶釜所呈现的人
吃人的证据，不看也罢
看猪狗，看牛马，看
妈妈叫的羊羔
看它们与今生有什么差异
看守仁之花，此花
与汝同归于寂
或颜色一时明白明亮

太阳两旁相守的鸟儿
是不是凤凰

回首，再看，老宅基上
房架子依然是人字结构
立柱如脊骨立地顶天
椽子是肋骨分享阴阳

听布谷叫遍
周围的山冈

哎呀，作为回到开始的部分
博物馆太小了，本该大，非常大
大到上林湖四周的风中
超越对故园与家园的崇敬

中国航海博物馆

让一座航海博物馆
立足上海，南汇新城镇，滴水湖畔
这本身，就是风景

古老的此岸，全新的坐标
新城镇怀里藏着一片汪洋
滴水湖是一个浓缩的
海

老远望去
航海博物馆如桅杆耸立
让我久久打量它揪住的帆
像是要迎风鼓起来
从这里驶向要去的地方
又像是刚刚归来
带着那来自遥远的风暴
和云彩

我来赶上闭馆的日子
隔着门缝儿看
支撑这博物馆的是龙骨

是丝绸，是青花瓷
和下西洋的风光
还有闭关锁国锈蚀的船钉
和那些怀抱碎木板飘荡于苦海的人
在这里靠岸

把这些摆在这儿
仿佛是让人怀旧的一种方式
不！我是要面向展开的海
从这里重新出发
在命运里航行
不再流连于浪涛的边缘

石峁城

在野皁与麦穗之间
在黄土与黄沙之间
在星星与石头之间
在时间与时间之间

没有晶莹的垂柳
水灵的黑杨,没有太阳石
以及喷泉喷向阳光的正午
马楚·比楚那样突出的高峰
石峁山上
大风吹出了干涩的骨头
连绵的老墙

拖儿带女的秃尾河
没顾上留下一句话
夹着尾巴去了要去的地方

是的,是时候了
现在我要站出来
不是我忽发奇想
本是我一直置身其内

大的腿肚子带我来兮
娘的子宫给我家乡

即便在星夜和死亡之中
我也能够指认
遮风挡雨安身的结构
先前我们临水结庐
有过地窝子和黄泥小屋

这些石头与骨头
和木头的叠加
日子的遗迹
无所谓王宫圣殿神的居所
自打认识石头
我就从远近的山坡和河道搜罗石头
给垒墙的大人当帮手

载生，载育
载谋，载惟
眼见石头堆比山还大
山墙戳起来
房屋空了
瞬间的孤独
让没有房屋者对天发誓
下辈子不动土木

石头，石头

石头里有石头
有血,有肉。一个挨着一个
一个搂着一个
把胸脯和胸脯贴紧
把嘴唇和嘴唇咬住

全于墙缝
如神面上的嘴巴
其实是历史眯缝的眼睛
眯缝的眼睛里
玉璇玑瞳仁的反光里
是时间的旅程
结束或再生

良渚之诗

一

在日子与日子的追逐中
我在我身后遇见了我
回到了老家,到原乡
到原来,到开始

我一时忘了我是谁
以树木为兄弟,以花草为姐妹
我只记得顾不上眨眼的
凝视。我凝视五千年
以前,以上

此时,此地
一个全新的
老地方

二

灵魂需要死亡到场

这是轮回的生命和转世的
念想——共有之秘密

认识我的人都不在了
除了诗人

我从未渴望被挖掘，被考古
被记住。我不在的时候
另一个我在
在此处，或别处

既然大地决定留下记忆
泥土里的知觉不曾窒息

三

并不是
蓦然想起就消失的面容
刚要抚摸就气化的布衣
在我回想的瞬间
老天爷的脸
在风雨中变形

当我被闪电击中
一分为二
一个到更高更远的风中

托身游子的眼神
一个留下来，安静地竖起耳朵
在反山，翻身，返身，等你
一起回想

我在你的头脑中等待
保持持久的记忆
替记忆发出声音

四

是的，我爱。这
日月五星，山川风物
不然我就不会抖落尘灰
看你，也让你看
并在诗中描绘你
歌唱你，对自己喃喃低语

你养育了我，我爱你
不仅因为你对我持续的爱
我的爱已经具备惯性
现在我说出我看到的
说出你的变与不变

五

当额头与谷草齐平,我
和我的影子,跟随人群
从天目山的洞穴
搬到苕溪,结庐而居

我们在野。我们
看不见我们
我们追着春光散开
跟随秋天回到谷仓

我赞美爸爸扭动的腰
老虎和狮子在跟前搏斗
他弓背,他挖掘
转身把长柄木锹交给我
让我也试试

妈妈的裙子是水裙子
妈妈是一个稻草人
她迎风撒下阳光稻种
破土而出的秧苗跟随她
还有开心的稗子

六

金黄的稻束

我亲手扎上腰带的稻束
凝聚土地的光辉

那时我习惯左手镰刀
腾出右手摸索未知

金黄的稻束
站在收割过的秋天里
其实并不像疲倦的妈妈
那是神采奕奕的腰身
饱满的脸庞，对天空的
仰望

我因此学着偶尔抬头
躺在红土台上
捕捉太阳升起的角度
悬在空中的目光
起伏着，如尘土

七

秋收之后，我们筑坝
那时水库还不叫水库
池塘不叫池塘

山丘之间

草裹泥包堆起来
把泉水和雨水拦住
经过日日夜夜的抬升沉淀
让时光脱离幻觉

云中的鱼群啊
水中的飞鸟儿
翠竹的倒影
白鹤的闲心

我们用火镰点燃夜晚
坐拥星光，评论天堂

　　　　八

眼睛习惯看见
看不见，或消逝
黑陶随身带着指纹
带着难以理解的质量

鼎、豆、罐
圈足盘、实足鬲、袋足鬲
宽把杯、小口缸
瓶窑里的瓶子

万岁，万岁，万万岁

以泥土再造之身

九

经过再而三的勘察
规划，建城之日
选在地气升腾之时

我们把搬得动的都搬来
搬来石头，搬来星星
构筑城墙的基础

我们把一搂粗的树木扳倒
变身房屋的大梁
以四肢为柱支撑苍穹

石头，不会做梦的石头
也在胸脯升腾彩虹
星星，不会烧饭的星星
也在西厢蹿出火苗
怕上房的树木
在水色天光里转动年轮

悠悠八道水门
不把前人拒之门外
一条夯土大道
与后人来来往往

十

璧圆象天。玉三叉
不过山形
中间一竖起伏不定
老少置身盆地丘陵

至于玉琮
一眼老井
把四方和中心合为一体
构成大地明亮的眼睛
是月光下,井床前
举头或低头
静夜思

十一

那些不像文字的文字
是我写在采莲船帮上的
女孩儿的名字
是我写给她
肚子里正在孕育着的
儿子的名字

那是诗句

是常常在读懂之前就被感动的
给未来的记忆

十二

我们因生活而活着
而大地曾经倦于养育

今天再说一遍
当我被闪电击中的一瞬
回头是水

记忆曾经是完整的
当它破碎了
我们才知道原来的样子

消失不过是搬离
是搬到他乡烟火一缕
还有昼夜
还有许多年需要经历

这即是老家之所是
心之所向。老家,老地方
在蓦然回首和凝视中
并非废墟,亦非遗址

十三

希望被摧毁,但留活路
为草籽和鱼子留下性命
待水落石出,星星
透过麻栗树重又闪烁

时间,时间,时间
春天,春天,春天
狼尾草,节节草,一枝黄
纷纷报告新的消息
最是蝶儿真大胆
人前亲吻黄花闺女

过去并不比未来更长
太阳归还了被带走的一切
撂荒地上再度开垦
稻谷轮番种植

我们的土地
祖宗的土地

十四

在此我要省略一些

留给路标和界石
同一的世界
无边,有限
我的留白,我的沉默
因爱得更多而完整

所有未来已在眼前
所有他人都是自己

　　　　　十五

那么,我们,我们就
多待一会儿
再待一会儿

云轻移有影
移动的影子飘过大海
地大动无声
看不见的无声的声音

在鸿山物联网小镇展示中心

物物相联的展示
也是启示。犹如诗与思
脑与肢体
彼此相惜相息
九九归于同一体系

技术是你的
遐想归我
我不想装成明白的样子
也真不明白它到底是什么
不管是谁在引领
又靠什么融汇
我只描述此刻的感受
和我的不再担心

我曾担心绵绵诗思
受制于腔隙性脑梗
也曾囿于腰椎骨折半生不敢负重
我害怕整个世界
迷失自然与人类的和谐
拉大生存与天道的距离

那么现在
当驱动热血的内核
打通毛细血管和神经末梢
我就是一个现成的样本

浏阳河

大溪，小溪
从岩缝挤身，冒出山顶
浏阳河的发端
草尖，树杪，蚂蚁的宫殿
都是不竭的泉源

浏阳河不能止步
与湘江会合
未曾相许也奉为诺言

浏阳河弯过九道湾
水路五十里又五十里
且歌且舞且悲欢

入湘江，入洞庭
入长江，入大海
浏阳河乘着云彩来往

洋湖湿地公园植物步行道

让我在这里驻足,我要
悉心清点这些花草树木:
桃花,桂花,芝樱,吉祥草
绣球,香蒲,迷迭香
麦冬,杜鹃,美人蕉
水杉与火棘一同起舞
鸢尾蓝蝴蝶,红叶小石楠
竹,柳,荷,梅
柿子树,银杏树
樱花开过来,一树,又一树

娜夜先行一步
径直向芦苇走去,有诗为证:
我爱你,芦苇,野茫茫一片
顺着风,像我们的爱
没有内容

没有内容是多大内容
对此我有六十年经验
我看芦苇,芦苇看我
齐刷刷一起白头

忽见百合,见智慧老人
带领徒孙从历史深处返身
他说,国库里所有金银
都比不上她,一枝野百合
就成全了一路风景

为百合遮风挡雨的是
一棵栾树,树木中的鸾凤
坟高三仞,天子树以松
墓堆八尺,大夫树以栾
你看她芽儿红润,近乎香椿
带来另一个春天的香
到了秋天,八宝形的铃铛果是灯笼
让幽魂辨认归途

在我落草以前
她就把根扎在这儿了
一生留在这儿
就那么等
就这么
等

手掌树上小鸟的家

白鹭楼下
小丫丫把鸟窝画在手掌
五根树杈的手掌向太阳举起
树上的鸟窝在手心发烫
鸟鸣在高高的树枝间摇晃

小丫丫,有一个秘密
爷爷告诉你吧
别让小鸟在你手上产卵
在我比你还小的春天
摸过麻雀蛋
鸟妈妈转眼就抱走了
带着我指纹的那一个

杜甫江阁采风

老杜出三峡,泛舟江汉
凄恻近长沙,追不上东吴万里船
等不来侄儿的青蒜黄粱
饿死了,飘摇着,在江上

万里悲秋常作客
天地一沙鸥独自苍茫
遇到李龟年那刻,关于
大诗人杜甫,杜甫还不知道
试着说出好风景
岐王宅里,崔九堂前
春天刚开始就进入尾声
这命里,最后一绝
是一根不肯断的弦
让谁都不敢不听

原本寂寞身后事
潦倒的诗人,百年后声名鹊起
五代十国战火焚烧
石头粉身,泥巴变硬
烧剩下一个透明的诗魂

留下一览众山小
一个人的大唐，留下
萧萧落木，滚滚涛声，不尽的叹息
白骨，白发，李白的白
和旷世的忧伤

幸有这杜甫江阁
不然让我到哪里落脚
你不在这里等我
我在这里等你到天地无穷

辛追夫人

夫人,昨夜我还不信
隔着一堆绫罗史料
看你,说是两千年过去了
你体形完整,肌体富有弹性
部分关节尚可弯曲
心肠基本无损

来到你跟前,不得不信
天地间未知的事物
远远超出群山沟壑丛林的传说
泥土里到底深藏什么
夫人,走到人生的外面
你还能回来,怀揣香瓜子
和不死的死神

夫人,前生你是谁
来世谁是你
不用追问。我当过兵
常常在山冈翘首的母亲
告诉我,你坚持多年
是在等山外征战的儿子归来

也可能是赶尸归来的时辰

夫人,你悄悄移动了
时间的指向和地球的转速
上天假装不察
让母亲,在正午的睡床
梦见儿女梦中的梦

铜官窑唐诗现场

是谁让我在这里停留
见证奇迹
釉下彩，秘色的秘，天青的青
长沙铜官窑的灰烬
凝结的光辉比火亮眼

在我遇见题诗壶之前
幸亏没把感叹一朝用尽
一个当代乡土诗人
还有机会置身唐诗现场

看到了，你
一别行千里，来时
未有期。月中三十日
无夜不相思

看到了，你们
一日三战场，曾无
赏罚为。将军马上坐
将士雪中眠

更远处,鸟飞平芜远近
人随流水东西。白云千里
万里,明月前溪后溪

看到春水春池满,春时
春草生。春人饮春酒
春鸟弄春声
我忍不住读出声儿来
忍不住笑
却原来古人写诗比我还自由
二十字,有八春

再往下才是民窑绝活
打工诗人的相思苦恋——
君生我未生,我生
君以[1]老。君恨我生迟
我恨君生早
瞧着那个别字都那么顺眼
暗自给它加上□□□□□

多谢题诗壶一片冰心
千年以后当堂呈供
让我来结案:诗歌在唐朝
还是诚实的艺术

① "以"为原文错字,应为"已"。

买地券

有必要一提
一方买地券,出土于
长沙麻林桥南朝墓中
主人徐副,五十九岁,醉酒寿终
即使醉死,还想将土地带入阴间
他以真书略带隶意
刻入青石:

丘墓茔城,东极甲乙,南至丙丁
西接庚辛,北到壬癸,上极青云
下座黄泉,东西阡陌,各有丈尺
东西南北,地皆属副……

文后有图画,亦非多余
老徐约地吏,勿复烦扰

邻近土地庙
供奉七千年前的谷穗
墙上的鱼儿口含禾苗
土头土脑的双耳陶罐
还没听够泥土的声音

由此我敢认定徐副不死
不过是醉了
泥土是他起伏的胸脯
呼吸融入庄稼之中

四羊方尊

四只突出的山羊
犄角弯曲,耳朵支棱
是我打小儿放养的羊
跟着我父亲

其中有一只叫馋老巴
会上树,吃草时眼睛望着别处
常常趁我不备
钻到庄稼地里

另外三只乃一母所生
是我们用奶瓶奶大的
总是追着我们"妈妈"地叫

领头羊呢,你在哪儿
当年数你跑得快
跑得太快了无影无踪

在杜甫草堂再读杜甫

在杜甫草堂再读杜甫
与在别的地方读有啥不同

在杜甫草堂再读杜甫
读国家不幸诗人之幸

两个黄鹂
一行白鹭

在杜甫草堂再读杜甫
读出一个人的峰巅时代

一览众山小
别无他人看见

比起草堂寺又生春草
古松古柏那算什么

因为爱,往泥土里爱
诗和泥土一起呼吸

诗人田间

人生一首诗
一首墙头诗
闪现在人民英雄纪念碑的深处

  "假使我们不去打仗，
   敌人用刺刀
   杀死了我们，
   还要用手指着我们骨头说：
   '看，
   这是奴隶！'"

用血泪写在泥土上的
和纸上的诗歌完全不同
路过的人看一眼就记住了
热血就沸腾
腰杆子硬

把诗写在墙头上
你就上平山打仗去了
一个真刀真枪拼命的诗人
骨头里带着不朽的铭文
血脉里流动着血写的《诗经》

致诗人艾青

走进金华畈田蒋村
艾青路上，老屋的拐角
面对诗人艾青的雕像
忽然想起在李白故里的奇石馆
遇见艾青

是你！艾青的雕像
纯天然，老天爷的艺术
和艾青一样，栩栩如生
就连额头的青筋
也与你一起暴跳
真想请你跟我回家
请回拥有诗心的石头
可惜我没有足够的银子
又暗藏私心。我是想
如果你不是艾丹的爸爸
而是诗人刘章，我的父亲……

可是我父亲也无法替代你
是你以圣徒式的虔诚
趁着死亡没有来临

把能量发挥干净
并且,也只有你
才有十足的把握说到做到——
  给思想以翅膀
  给情感以衣裳
  给声音以色彩
  给颜色以声音

当我急匆匆赶回奇石馆
仅仅隔了一夜
你已经走了
是你接到了黎明的通知
高举火把
迎接从远古的墓茔
从死亡之流的那边出生的太阳
  树枝随之舞蹈
  伴随你欢唱
  鱼化石和虫蛹一起翻身

此刻,又见你,你的雕像
见你给所有人以艾青式的微笑
日夜焦虑的我也跟着笑了
一个诗人留下真诗
死亡就离他而去
就连死神
也怀着对于人类心灵再生的确信

从艾青故居到大堰河故居

我不知道保姆拥有故居
大堰河是不是开了先河
从艾青故居到大堰河故居
我一步一步数着走
正是饭后百步的距离

这百步
让艾青从乳娘怀里回到自己的家
反倒成为家里的新客了
这百步
让他从一个地主家的少爷
变成大地之子

又是因为这个距离
诗人在狱中从铁窗眺望
看到的才不是别人
他看到他乳娘头上的雪
落在中国的土地上

大堰河一辈子不写诗
但她教会了乳儿说话

她乳儿把诗写出来了
怎么看都不像是写出来的
那是从土壤中冒出来的
他让土地,以及这土地里
生长出的一切生命
以自己的方式诉说

大堰河
诗人吃了你的奶水长大了
你的名字,是生养你的
村庄的名字

大堰河之墓

诗人艾青颤抖的手书
刻在他乳母的墓碑上

大堰河
到死也没有属于她自己的名字
她的名字还是生养她的村庄的名字
连她的乳儿也写不出她的名字

大堰河
不是一条河流
像是一条河流
一条干干净净的河流
荡漾着乳汁的河流

大堰河
在寄养来的孩子吸干了她的乳汁
离开她的怀抱和她的抚摩之后
她没有梦了
她撒手去了
她死死地睡了

大堰河
有许多事情是她所不知道的
但是她一定知道究竟
是因为什么
让她的乳儿脱口而出：

"为什么我的眼里常含泪水？
因为我对这土地爱得深沉……"

追念诗人苏金伞

你躺在老乳母怀里
脸上盖着作为家产的破草帽儿
你用你肚子暖自己的腿

小桃树枝条上的嫩芽
在你的梦里依次睁眼
白天的星星在草帽里产卵了
老鸹也孵出了春天

围着你的破草帽儿
水萝卜开了花
油菜跟着开花
山坡上的麦流
一级一级泻下来
尽管我手上还没有茸毛
伸手轻轻抹过去
也是燕子抹过去的感觉

你用你肚子暖自己的腿
脸上盖着作为家产的破草帽儿
躺在老乳母怀里安睡吧

丹噶尔：
诗人昌耀纪念馆开馆仪式献辞

从此记住你的名字
丹噶尔。唐蕃古道上
高车出没的丹噶尔
在高岭

在这没有泉眼之城关
你独自牵着驮水的毛驴儿
赶着黄昏和一百头雄牛
一瘸一拐往上走

一声叹嘘过后
彼岸大水汹汹
破壁而来
黄河腾空而去

致昌耀前辈

朝你走了多半辈子
怀里揣着你三十年前的三封回信
一样的邮戳
不变的地址

有人说你早就走了
留下雪、土伯特女人、三个孩子和一部
命运之书

唉!你说过,你说过
我们降生注定已是古人
一辈子仅是一天
只可前行,无可回归

可你分明没有走远
古老的河床上
我见你带动一百头雄牛一百九十九只犄角
和古代猎人退役的老马
追赶划啊划啊的父亲
地平线上那又是谁
与高车渐次隆起

大风载你以高蹈
你把写诗擦枪的手朝向空洞
另一只手中的大经轮
转动着，顺时针

青海湖边
采风的诗人忙于拍照
并在石头上留下姓名
唯见你独坐雪莲
孕育一个全新的降雪过程
脚边流星的碎片
依然带着天火的热吻

我在前方的灶头
手捧黄铜的茶炊

娘娘河：
陪伴诗人放翁还乡

娘娘河
曾与黄河、大运河贴身的河流
穿过盐碱滩和大草洼的河流
是你今生最深最长的掌纹
你一辈子改不掉的老家话
却原来不过是娘娘河的口音

埋着老娘的老娘土上
给马莲墩子磕三个响头
指头就在大地扎根
挖大河，端大碗
一年吃了三年饭
你吸足了地气
专等着那场麻秆子雨
睡大炕，砸大夯，举呀嘿
狠狠地举呀，砸呀，嘿！

出门在外寻诗去
念念不忘的还是那老歌：

"小辛庄啊东大门呀
史家的闺女张家的人儿呀"
这祖母摇着纺车哼唱过的
母亲和妻子学唱过的
在你的见证和表达中变声:
"你早死二年俺不来呀
你晚死二年俺开了怀呀"

娘娘河,热土的牵挂
在你久久的倾诉和凝望中
眼见坐着骨肉亲人的马车
忽然消失于古老的墓茔
而在那起伏的墓茔间
有你亲手指给我的墓穴

日月山怀想

姐姐,你
将一首被无数人写烂的诗
写到光芒四射
你在四千八百七十七米高的风里
从日走到月

当你转身
望乡的泪水倒淌
东土无边
老爸老妈的脸忽然闪过

山羊一样继续上山的
孤独的你
被自己牵领着
走向更高的高处

戴上红头巾你回来吧
就让经幡飘扬去吧
就让辉煌的神祉下
永远空着那个位置

怀增书

蒙尘的日子我去看你
你忙着沏茶,你说你
每天都要擦拭那只杯子

七月是典籍发霉的季节
竟然有人上门修理暖气
你忙着擦拭另一只杯子

你一边擦拭一边讲
你讲过的所有笑话
都不是笑话

你说自己是一个蛋
太阳是蛋黄
月亮是蛋清

你的真实意图
是制造不是笑话的笑话
把眼睛说出苦泪和胆汁

因为久久的擦拭

人走了，茶凉了
杯子还热

《断了》之后

在大琳大姐家里聊天
忍不住背诵她的诗篇
《孩了,我的孩子》
《我为什么不哭》……

别背啦,别背啦
你捂着脸说

把《断了》再背一遍:
"老姐妹告诉我,断了
四十年枝枝叶叶
在一个下午嘎吱一声断了
被两万块钱买断了……"

其实不是两万块
只有一万七
我还多写了三千
其实也没断
老姐妹来家里
老场长说:"都怪我,都怪我!"
"不怪,不怪。"哇的一声

大家全都哭了

你说着
一把一把
让我跟着抹泪

老姐妹
把《断了》和你写给果园的诗
挂在柑橘树、枇杷树和柠檬树上
从开花到结果
到你百年之后
沿着叶脉走回果园

包山底：集慕白诗句

包山底是一个村庄
也是一个墓地
包山底让老骨头长成红枫
让亲人在墙上
看着我们写诗

这祖宗长眠之地
以青山为丘
以草叶为碑

父老，乡亲
一生只入过一个协会
——包山底农民协会
他们的誓言誓死不改：
终身不得背叛土地
直到血肉成为土地

在这样的土地上，我也要
有一座让群山抱在怀里的老屋
在包山底
在母亲坐热的门口

让轮回的风
从南面吹
从北面吹
从东面吹
从西面吹

我要在风中背过脸去
不让看见我
百年之后
脸上被风吹动的泪水

巴蔓子外传

命定的巴人,巴将军
怀揣无法言说的困惑
借强楚平巴国之乱
以头谢楚
自己提着自己的脑袋权当城池
一颗心
一分为二

头断头不断
城去城还在
头断了,忧未了
冥冥中,命运的天平
忽轻忽重

春秋战国
乱世工霸
谁是自己脑袋的主人
待脑袋变作首级
最后一口气
冒着咕嘟咕嘟的血泡儿
道出家国命运

老兄弟

长江奇石馆的小老板
连连称奇:"看
你看这个乖乖小石人儿
比画家画得好多了"

确实是石头上有一个画面
地壳运动的速写
天然的艺术
一个背着背篓的老汉从山上下来
小心翼翼侧着身子
山
中间那一竖实在太高

而我怀疑这石头并非来自长江
而是来自嘉陵江岸
三十年前我们见过面
我的老兄弟

略阳城边,山体刚刚滑坡
半个县城不知去向
我悬在断桥头的小食摊

要了一盘青笋一瓶啤酒
你背着半篓竹笋看了看说：
"一顿吃我半年！"
从竹篓里摸出高粱烧
你抿一口，只抿一小口
悄悄走了
谁知你转身来到这里

修自行车的老汉

新文里胡同的阴影里
那个帮我补胎打气的黑脸老汉
老得很了
同阴影一起收摊

转天听说他走了
他不在此处也就罢了
大解说他也不在别处

有一天我在和平西路
遇见他的半新不旧的三轮车
他的家人告诉我

原来他并非一个老汉
先天心脏病
临了不过四十岁
家在石家庄北郊小安舍

南山一棵树

别过西岭千秋雪
夜发清溪向三峡
转眼到渝州

青山放走长江但截住诗人
让杜甫登高,让李白梦游
接受一枝一叶的指引

当我也来到这南山
一棵树下
我要领走这一棵树

一旦我出门在外
老妈妈天天望南山
直到有树木朝她走动

马陵山上

来了才知道来对了
眼看着春风又绿
往年一蓬枯草
从根部开始返青

马陵山——这也是山
主峰的海拔不足百米
为什么让六下江南的弘历
三次停车
为什么文天祥去寻找斗柄
却在此留下不散的蛩音
分明是因其发脉泰岳
分明是山不在高
此乃天下群山的种子
江山的缩影

马陵道上制高点
当年老孙与小庞争夺
一个举着火把
把自己的首级照亮
另一个

抱着自己的大腿告老还乡

只有你山色不改
眼看着春风又绿
往年一蓬枯草
从根部开始返青

雀儿花

说是摸一下你的花瓣儿
你就成了灰麻雀
而折了枝条茬口会流血

当我走近,你不飞

花开时节我再来找你
孵化诗心成雀儿
一起飞

冬茶令

竹篱瓦舍
灵芽瑞草
冬天里的一把火
固定芳香

摊晾，揉捻
从草从木

神农尝百草
日遇七十二毒得茶而解
你解我血管里年过半百的农药
并在暖冬里提前获取清明

独啜，对饮
品之曰趣

忆君山

洞庭湖
枯水季节一个接一个
为了让君山更大一些
与大道相通
有可能同样的事情
在舜帝南行时就已经发生

李杜远去了
我来也
到君山招魂
却原来
早有妃子泪成斑
早有书生心似井

汨罗江边

我来到汨罗镇的时候
屈子已经离去
我赶到汨罗江边的时候
乡亲们正在打捞

据说他在出走的路上
已是非人,饮露,食花
竟然用半截杂草
穿一条兰花花蕊的项链

据说他曾经说服一切
有着不可思议的清澈
就连叹息也散发芬芳

因此我推断他不会投江
他一定是在日出之时
驾着天车离开红尘

小树

我说的是一个震漏儿
北川中学废墟埋不住的
那棵树,一棵小树

它被地震震歪了
依然脚踏实地
它不能参天
但有一个向上的头颅

枝叶间惊飞的鸟儿
回到三星堆青铜神树之上
剩两个不屈的孩子
是干,是根

枝叶打伞给两个孩子
风把它摇晃几下
余震已经无可奈何

野兔

> 突然一只野兔从道路上跑过。
> 我们中的一个用手指点着它。
> ——米沃什

正月里滹沱河滩上的野兔
躲在大石头后面的野兔
眼睁睁等着青草发芽
路过的我惊动了它
瘦得只剩下一层皮的野兔
两只大耳朵顺风而动野兔
躲避一滩乱石滚滚

接连让我遇见三次
总是那只孤单的野兔
疲惫不堪的野兔
像是曾经被指点过的那只
有一次它跑到人路上
两只喜鹊,飞到它的前面蹦蹦跳跳
企图合伙把它拦住

灰鸟记

它们打南边奔雪松而来
忙于搭窝
有一个正对着我的窗口
某日大风,我在树下
为松松垮垮的鸟窝担心
眼见它被刮下来
吧唧摔在石板上
杂乱柴草间夹杂着破碎的蛋皮儿蛋黄儿
另外两棵树上的鸟窝
转眼也七零八落

去年春天,它们重蹈覆辙
还没等生蛋
大风就把半拉子鸟窝给端了

今年它们又来了
飞走,飞回,在树枝间打量
在树梢上议论
终于没再筑巢。估计是
它们想要再试一次
有鸟提请汲取教训

大家商量了半天
最终放弃，不知飞到哪里去了

而有一只，一再眷恋此地
"咕咕，咕"地叫，最终
于秋夜冷雨中横尸东楼门外
一地飘零

太平鸟
—— 读周晓枫同题散文

十二月的早晨
当你被那奇异神秘的鸣叫唤醒
亲眼看见头顶羽冠的鸟儿
——将尾部末端明亮的黄边儿藏好
你居然和它们一样,保持着同样的姿势
面对太阳,长时间一动不动

有谁相信,这是一种虔诚的仪式
除了你和我,和那些鸟儿

为了确定它们的身份,你跑到国家图书馆
找到一个安详动人的名字
傍晚回到家中,鸟儿已经散去
怅然中你发现还剩下一只,一动不动
你用温度计测量一下:-6℃

谁知一棵大树收留了什么
它巧妙地藏起一个夜晚的秘密

你守着这个秘密,天不亮眼睛就亮了
你想看到它重新起飞
麻雀匆匆来去
而它一动不动

你开始担心,它会不会是冻坏了
直到太阳给万物以复活的力量
你见它慢慢转动脖子,还梳理
被一夜狂风吹乱的羽毛
活动几下脚趾

整整十五个小时,它坚守的位置
是你心灵的位置
看啊,看啊,不知不觉
你趴在窗台上睡着了
我在远处看你

待你睁开眼睛,光芒四射的阳光中
到处都是太平鸟
而那个果实的看守者
已经不在原来的位置
由此你说你看到了存在的幸福

而我只看到天平鸟,在
并不太平的世界。尽管
至今我也不知道,太平鸟
是一种什么鸟

但我相信它的美丽，通过你
通过你，我也期待太平

你隐匿了透明的带花边儿的翅膀
在你睡着了的时刻，亮出了真实身份

干枝梅

白毛风里的干枝梅
搂着抱着干枝梅
俗名蝇子花的干枝梅
约等于你的干枝梅

干巴巴的干枝梅
没有绿叶的干枝梅
开不成梅花的干枝梅
永不褪色的干枝梅

约等于你的干枝梅
俗名蝇子花的干枝梅
搂着抱着干枝梅
白毛风里的干枝梅

敕勒川

敕勒川,阴山下
野茫茫不见阴影
快要立夏了
有春天的日头没有春

然而这也是春天
让万物置身其中

面对剜野菜的空篮子
针尖儿一样的沙葱
从干牛粪底下钻上来
尖叫了一声

叫来了苦苦菜
叫来了哈拉海
和婆婆丁

夏塔古城

人言此地是夏塔
是！是！汉唐的古城

怎么什么都没有
没有宫殿，没有草，没有阴影

不远处有一个小石人
在风沙里跪着，爬着

回来了！走失的孩子
找家找没了两条腿

高家房子

稀稀拉拉的土房子
老妈妈儿时移民的地方
沙尘暴的故居
白毛风的老家

高家房子的房子并不高
高家房子还是土房子
土墙，土灶，连着土炕
每月用白灰刷一次

高地上的高家房子
冬天冻掉羊尾巴
大闺女手里开窗花儿
小面人儿走到亲戚家

高家房子有高人
用粗麻包裹自己
用羊皮包裹孩子
用绸缎包裹经书

想是多情，六十年千里圆一梦

老妈妈一见红了眼圈儿
高家房子，如今改名向阳村
一张黄色的彩色照片

窗子钉死了
有的被黄泥抹住
相知走了，唉，都走了
在老妈妈一声长叹里

有的到口里打工去了
有的已经在黄泉路上

牧马人

醉卧花丛,独自
在马头琴和古老的长调里
仰望天空的空

白云懂你
要不白云怎么老是像马
要去每一个想去的地方

因为沉醉,因为梦想
因为歌唱
虫儿成草,草儿成虫

马儿无愧龙种
腾空出了铁丝网
没有西,没有东

丁赫尔扎布

丁赫尔扎布
草原上古老的民歌
（我当上了蒙古骑兵的万户长
是一个大将军啊
领十万大军打仗的都督元帅
是您的儿子啊）

丁赫尔扎布
草原上随风而行的汉子
（我从一千匹马中挑出来的黄骠马
让它回归草原了
我深深爱过的媳妇
让她改嫁了）

丁赫尔扎布
眼瞅着骑兵军绝迹了
她们还在瞭望中
把你留在马上

大风车

黑风口上的大风车
面朝风来得最多的方向
借助大叶子,想象力
以旋转的方式飞翔

这西北风的老巢
一年只刮两次风
一次半年多

可是风,呼呼的风
此刻都跑到哪里去了
只见风车悠哉
白了日头,红了月亮

三棵树

三棵树
北草地的一个地名
三棵树肯定有过三棵树
一家子
风里雨里相互支撑

三棵树就剩这一棵了
兀立着以自己的影子为伴
就连风也不能告诉它
与另一棵树之距离

三棵树就剩这一棵了
老远看上去是我大哥
一个老光棍儿
扛着柴火，顶着风

羊像羊群一样白

羊像羊群一样白
一只挨着一只
　　低着头
　　往家走

走着走着溜出一只
蹦着跳着妈妈叫着
朝半大孩子奔去

这羊是孩子抱大的
用小米米汤喂大的
刚刚落草拜过四方
就没了亲娘

羊像羊群一样白
跟着到口里去打工的孩子
　　妈妈叫着
　　往口里走

青海湖

如果圣洁这个词
一生只能使用三次
今天我全都使上

老远老远你向我靠近
老远老远我不敢靠近

青海湖边

扫了一眼我就赶紧闭眼
青海湖像是凡·高画的
作为诗人
我不配你的清澈，深
和圣洁

湖边无边的油菜花啊
如果不是凡·高画的
那就一定出自神仙之手

红脸蛋儿的小女孩儿现身花丛
嘴角滴着阳光蜜
尽管她不知道我是谁
但作为父亲
我必须配得上那纯，美
和热情

在贵德

没有惊涛拍岸
水迢迢把每一个露珠儿稳住
把赞美你的诗和琴声稳住
简直让人难以相信
像梦

非梦。在贵德
黄河不黄
黄的是麦子和油菜花
和远山的经幡
和出墙的红杏儿

忍了几回没忍住
把世代的沉重唱成小曲：
都说是圣人出了黄河清
咱一滴水里出一个圣人

坎布拉蓦然回首
大河直上雪山
泥沙沉淀于血脉之中

小浪底的浪

黄河出山寻找大海
在小浪底提前找到了安宁

小浪底的浪
不因细小而细小
最小的水珠儿
也是匀称的乳房

小浪底的浪
让我看见天上的星星
让一百零一个仙女浣纱
让石头用鳃呼吸
让红鲤鱼将明月戴在头顶

小浪底的浪
带我深入早年的诗意
从那消逝的浪涛里
传来清亮的回声

黄河石

趁着大河拐大弯儿
石头负图上岸
但见小佛爷双手合十
月牙儿怀抱一轮红日

多少纹路一笔一画
多少团圆月落日出
一笔一画变成汉字
可以横排，可以竖排
有繁体，也有简体
而怀抱红日的月牙儿是
老天爷最新的构图

下孤灯的村民
把石头一块一块搬回家
孤灯下寻找史记和铭义
等待石破天惊的收入

太阳石

一

黄河故道里
这曾经的太阳
冰凉的太阳

一腔热血沸腾的渴望
枯竭了,凝固了,苍白了
摔在乱石滚滚的河滩上

起初是谁感受过你的温暖
而今我把你抱在怀里

你炸开吧
让我知道你的热
你的从里到外的光芒

二

出门见日
新太阳不认识老太阳

在更早更远的高地
跟天接壤的地方
我相信有过十个太阳
后羿射中射不中
结局不过瞬间
那燃烧最猛烈的一个
最先死去
宁愿成为石头
也不变成灰
而铺天盖地的大雪
最先融化在太阳石上

随手拾得万年缘

随手拾得万年缘
这比古老更古老的石头
和旭日一起睁着眼睛

石头在动

它的心脏是时间做的
它的心肠坚硬又柔软

石头在动

灵在其内
不老的意志比它坚忍的一生
更加结实

石头在动

表面多余的东西被淘汰了
剩下接近无法言说的言说

天坑

我的天,你张着那么大
的嘴巴,想要告诉我什么

如果不是我
是不是也会有另一个人
来到这里
重新理解生存

从高处到低处
放大的沙漏
时间摧毁的山河
突然下沉

当峭壁高于四季
天空即为漏洞
有些高度高不可及
有些深度需要仰视

试着一手把天遮住
却见神秘星宿当头

地缝儿

有可能大地真的知道
人,需要遮羞
才裂开一道缝儿让人钻

一头钻进去
那些昂首挺胸的人
忽然把走变成跑
怕你忽然就合上了

而那些从容走过的风
并没有被挤扁或被夹住
也不用门票,不用通行证

慰魂节

时候到了
十字路口撒上香米焚化纸钱
是时候了
把路边的红烛一一点燃

照亮眼睛
让首级回到脑袋
照亮道路
让扛着大腿的游魂回到家园

金戈铁马归于宁静
过往的行人驻足
让路给故人
唉，如果他们还在
都已经百岁
上辈子
这辈子
下辈子
烛光里一闪一闪

你呀你

命里缺少这些蜡烛
深远的风中孤灯一盏

祈福节

夜深人静你悄悄地问
农历五月十一
都城隍里,祈福节上
如果你只有一个心愿
是什么

放心睡吧,这还用问
你知道我的祈求里
必定有你

只是,只是
一个人怎能只有一个心愿
所有心愿都该美好
但凡福气都该上升

真要是只能有一个心愿
我祈求
从此不再祈求

太行山神话之乡

神灵离地何须三尺
捂住大地亦是补天
搬得动石头就是愚公

大峡谷千年一瞬
拿起脚
向上一步变作星星

小石门悬棺

悬棺何止江南有
雁门关外
小石门前
悬着悬念
悬着
心

你从哪儿来啊
我不问
你到哪儿去啊
我不问

开凿栈道的老石匠
宁武关年轻的士兵
灵魂回家了
骨头在等

等来一个悬空寺
悬着悬念
悬着
心

又见云台

当年偶然上云台
乐山乐水
看满山吃饱了阳光的柿子
腆着圆红的肚皮儿
蜂儿把涩酿成蜜
少女把咬变成吻

小马因孤独走得远
踏月归来。说是再走五里
就到了老天爷宽大的草堂
并且有可能遇上爱情

又见云台
看山不是山了
写在红石峡沉积岩上的水字
领来了舞蹈的桃花水母
天瀑峰的瀑布飞流直下
何止三千尺
原来李白是诗仙不是神仙
想象力偶尔不如风景

哀济水

古之济水
全长一千八百里
横穿黄河而独清

一条与长江、黄河、淮河
齐名的大河
出入史书的大河

忽然从大地上消失了
而今古渎成溪
匍匐在王屋山下

因为没有昆仑之源
只因为没有昆仑之源
没有别的原因

梦 乡

村庄的边缘翅膀向上
喜鹊占领了梧桐树
新婚的乌鸦
筑巢于国家电网铁塔的夹角
或水泥电杆的横梁之上

有人说这边生态好
大洋彼岸的蜂鸟都来喝蜜了
有人说此地害虫多
外省的麻雀都来开会了

管它呢,反正是
那所有上不着天下不着地的巢儿
全是梦乡

地球圆了
月亮圆了
巢儿圆了
鸟儿还巢我还家
老天爷也家来吧,家来吧
准备梦

商丘

以命为丘,君临中原
千里沃野中
你是突出的部分

让山河与大地之子
匍匐于四周
春,秋,王,霸
围绕你

商丘不大,大地太大
造成诗的视觉反差
有别于玄鸟生商的故事

日月山青藏输电枢纽

作为一个重要环节
日月山
而今以青藏输电枢纽
成为又一个历史节点
不到现场不会明白
当年小小公主回首长安灯火
为什么怀揣日月宝镜
手捧陶灯一盏

让诗人承认想象力的局限
有多难,可是我必须承认
日月山,历史和现实
全都超出我的经验
只见在梦想与现实之间
需要一盏灯,几丝光线

现场

——2011年4月25日下午5时
在恰拉山口 N454 号高压电塔在建工地

恰拉山口不比珠峰
不是唐古拉
仅仅五千米的海拔
向上百米，说起来轻而易举
迈一步
仿佛要付出一生的气力
鼻子嘴巴全都用上
寻找带氧的呼吸

一寸一寸往上爬
摸到高压塔基的一角
仰望安装铁塔的工人
二十个人像是一个人
棉大衣包裹得严严实实
只剩一双手两只眼睛

他们已经是第四拨了
之前一拨一拨都败下阵来
宁愿放弃工资和奖金

面对眼前的施工组长王高峰
我没有力气与他交谈
只能让我的眼神说
王高峰,你这名字真好
你这高峰之峰啊
铁塔一样矗立的血肉之躯

忽见拳头大的螺丝帽里
有一粒黄豆大的黄花儿
躲避呼呼的大风
呼呼的大风把花香卷跑了
把所有蜂群都吹散了
我是被吹向你的
见证奇迹的那一只

横过恰拉山口的多彩经幡
以呼呼的风的频率诵经
在这跪拜之地,让我向你
向你们,包括败下阵来的一拨
又一拨人马
跪下来
头抵泥土致意

滴水湖上的绿蜻蜓

就在昨天黄昏
我的大洋彼岸的诗人兄弟还在追问:
　　"蜻蜓,为什么你
　　遗尸在雪丛
　　你怎么到了那么高的高处
　　你死之前
　　曾否在山间留下了后代
　　你的种子"

伴随从雪丛飞来的晨光
一滴水从天而降
成为滴水湖
在我眨眼的时刻
蜻蜓飞来,来证明
世上依然有一方净土
它们飞行的历史并未结束

它们成片成片地飞
横着飞,倒着飞,勾着飞
或在前进中突然加速
在加速中急转弯而不必侧躯

甚至在剧烈的筋斗之后完全停住
悬浮于空中

我以前见过的蜻蜓是红的黄的
滴水湖上的绿蜻蜓
是不一样的一样吗
看着你们飞来飞去
不知道我该想什么
只想和你们一起飞

黄姚古镇

等我攒够足够的银子
我要买下小镇一角
竖立诗碑
我见过比黄姚更古老的古镇
为什么对此情有独钟?

这千年没有刀兵的古镇
没有火灾和水患的古镇
群峰拔地而起
至今和草木一起生长

旧时燕子,侧身清风细雨
鲤鱼街的石头
细雨中翻身越过龙门
屋檐下并肩走着远方的亲戚
有新娘也有占人

古道边,龙爪榕并未生气
象征性地长出了气根
月光垂钓的是梦境
石板路留下的不是脚印

是少女的倩影
体温和指纹
牵着鼻子走的是阳光香气
寻找豆豉的是馋嘴的诗神

等我攒够足够的银子
我将在这里临水结庐
送给我的两个小孙女儿
迎接她们心上的人

沙溪镇

原以为沙溪
不过溪流,见沙,见底
眼见大鱼试探一下
并未搁浅
往深处说话去了

小桥流水沙溪镇
白墙黛瓦沙溪镇
古往今来沙溪镇
弄里比我不老的老头儿唱念做打
河棚间美人靠上的美人儿
靠住当下

古沙溪
令过往值得怀念
唐,宋,元,明,清
并未逝去,我
和你,亦非来者
而是百分之九十九的水
在制造空气的空隙
寻找不同空间的入口

新沙溪
则远远超越我和时代
要不是我亲身经历
说破大天我也不信——
把月亮摁进水里
升起一轮红日

伏牛山所见

白日依山
溪流从白热化里带来一片红叶
遇到石头打一个旋儿
径自往低处去了
交给起伏进山的海

张谷英老屋

张谷英,何许人也
六百年前的人物
他和儿孙留下的老屋
是一个村镇
在岳阳群山怀抱之中

宗祠里供着他的牌位
当我默读他的名字
他竟然答应了
还对我讲述他的木骨泥墙
一千七百三十二间房屋
命脉相连的布局
更有一家一户门楣上的典故
木雕窗上仙人的头颅
在哪个孩子手上变作首级

而我无语
陷入与之交谈的困境
想到我家老房子
与我同岁,不过六十载
燕子飞走了不再回来

山墙裂了三道缝儿
大梁断了一根

为什么一定是在这里
张谷英六十条巷道交错
古人与后人交错
让我们见到他们
我们不见我们

天井

此刻老屋场
被暴雨覆盖
唯至上老屋的天井
令我坐井观天

这天井出自典籍
将天地与厅堂
在空间融为一体
凿内池,留沟防,设路径
集水,纳阳,采光,透气
彰显生活习惯
和社会制度的背景

但我并不关心这些
我,透过雨帘看天井
看白天的星星
白天的星星亮起来
水从星星流下来

陶宗仪故居一拜

在您小小的屋门外
朝里鞠一躬
老先生!

山海间,樟树下
见您积叶成书的背影
转身面朝大海
笑看一方墨池

真的不能假装看不见
《南村辍耕录》
掌故,典章,叙画,论诗
您一笔,一画
旁若无人

从此我也在树叶上写
把字写干净
无补笔,无乱笔
无死墨,无浮墨
笔笔得消

直到把字写成诗
写成能够在死亡中复活的诗
老先生!

十里长街

十里长街,一条老街
尽管给我新诗的直觉
我依然因其古老而沉醉

灵山之侧
南官河边
十里长街路路桥
一湾碧水家家月

来回走,我来回走
找回西周先民的脚印
东汉邮亭里尘封的家书
以及而今八百商家掌柜的
因操劳而空了心的头发

再找找
我们所失落的
不该失落的失落

十里长街,自由行走
身后古人,迎面来者
不要在我的诗里停留

台州高升文化礼堂

曾是避风港
而今这小小村庄的礼堂
舟山渔场、鱼山渔场和温台渔场的
中心地

在精卫填海的事迹之后

三鲳四鳓
白鲨白蟹
鱼汛来去兮
纳盐归仓

镬
土墩大灶台上的这个字
并不认识我
但我能说出它的用处：
把咸涩的海水倒进去
用柴火熬出白花花的盐
让大海的骨头堆成山

在日月走下天空之前

水心草堂听
小姑娘读《姐姐……》

她不是用嘴读
她是用心读
发出嗓子以下的声音

  我曾在台风
  不知疲倦的嘶喊中想起台州
  我海边的故乡
  稻草人立在田头
  倾听被露水打湿的虫鸣……

她不是高声嚷嚷
她是让我谛听
心跳的声音

  姐姐，我又在想你了
  当你还是一个小姑娘
  你就开始
  向我示范忧伤的神情……

读到深处
她把一个字

读成句子
让一个一个的字
成为母语和回声

  等待燕子
  从书中的南方回来
  在电线上站成一排省略号
  那湛蓝的
  让人想哭的天空……

在姐姐方石英的诗里
她读出别的味道
她独自读着
读出自己

  姐姐
  现在天凉了
  我又开始不可救药地回忆
  十里长街
  一条内心隐秘的河流……

小姑娘
你给我一天中
最好的感受
多好的人啊多好的诗
多好的世界
多么亲！

牧羊地

固原城北去百里
古称北海
传为苏武牧羊之地
现存石窟和石头羊圈
苏武庙遗址
风吹草低
在苍天的垂怜之下

关于苏武牧羊故地
所指何处
一直争论不休
我想无非是大原之北
大漠尽头
沙坡头的边缘

既然由此北去百里
古称北海
那就依然让苏武
北海牧羊吧
庇护尚未投胎的羊羔

鸿山遗址

老泰伯化身雕像
看神秘的面纱被层层揭开
揭不开难解之谜
丘成墩出土猜想
你是夫差,是伍子胥,是勾践
还是范蠡?

比翼齐飞的玉飞凤
曾经风雨同归,苦乐和鸣
而今也各自沉默于角落
只有当年黄土地
只有黄土地上的油菜花
接着开

遥望悬崖村

乘着一张机票飞抵凉山
用了一整天在山野行走
想攀上悬崖村的天梯
听那里的老人和孩子
讲述生命与生存

从群山到群山
我用了整整一天啊
终于来到开满杜鹃的山岗
向导随手一指说：看
悬崖村
就在龙头山的对面

向远处向高处深深凝视
那是我在黑夜和睡眠中
也能够指认的悬崖
就像我的靠山，燕山的悬崖
埋着我祖宗的骨头
高于我和山民的命运

我知道有悬崖就有山民

也必定有山羊
从悬崖到悬崖
能挂住落叶的地方就能立足

如果让目光垂直下沉
沉进谷底
将看见自己的深渊
如果不腿软,向上,向上
就是活路,参与支撑天空
身后有白云和白羊追随
离灯火和星光越来越近

妈妈饭

像是在一场梦里梦见了
她的梦。在离她老家不远的
桃源人家的餐桌上
梅大姐递给我一块火烧馍
说是妈妈饭,赶紧吃
羊肚菌土鸡汤她喝了两碗
让我也喝,趁热喝
萝卜丝米饭她吃了一碗半
好香啊,妈妈饭

红烧大白鹅是妈妈饭
野菜蒸扣肉是妈妈饭
蒸房县卷卷是妈妈饭
莲藕煨猪手,萝卜焖肉
香煎小野鱼,香菇炒萝卜缨儿
竹笋丁炒韭菜,炖柴火豆腐
还有酸菜辣子蛤蟆咕咚
全都是妈妈饭啊
在妈妈的味道里想妈妈

当我写下妈妈饭

写下一个个菜名
我怀疑自己是不是在写诗
忽然就想起
汉水边那位边走边唱的老人
唱着《楚辞》里的篇章
可他说那不过是菜谱
是老妈妈传给妈妈的妈妈饭

朝天门

朝天门朝天敞开
保持一个姿势
三百石阶千年苦等
说是有个人早就说来
一直没来

是不是已经来过了
没有上岸

赤身裸体的两条江
交汇出
左一撇，右一捺
一个人

浩浩之流天上来
乘祥云，朝天去

雪,落在昨天落雪的地方

雪,落在昨天落雪的地方
为冬奥大道扫雪的工人
被雪挤压在一起

我试图走到他们中间
寒冷从四面八方围上来
浑身上下只剩寒冷

由于不停地清扫
雪,慢慢退到雪线以上
而零星的雪粒
从雪丛飘来
像盐撒在路面
像汗水的结晶

雪,忽然大起来
激发我内心的火焰
大风里呼呼作响

1997年3月9日:日全食

是谁如此精于算计
从南京到北京,分秒无误
让太阳在我们的仰望中消失

当我带领孩子
寻找墨镜和可乐瓶子
阳光一根一根弯曲下来
日子已经是发黑的日子

白昼猛然冷却拦截热血
这感觉是远古的墓茔
曾经的年代,是未来
还是正在发生的历史

仿佛一切都不可逆转
地球猛然朝黑洞飞驰

啊,太阳!太阳
转瞬间光明重临
鸟儿重新梳理羽毛
孩子们把积木捡起来

重新组装梦想和诗

或许有一瞬停止了生长
但这世界还有足够的时间
让一块顽石长成奇石

最无畏的成长是太阳本身
它在热血中提炼热血
有着不惧一切的燃烧

不怕阻挡，不怕诅咒
不可以拒绝它的照耀和凝视

诗人的国歌
—— 一个中国诗人在华沙学唱波兰国歌

此刻我远离我的祖国
涅瓦河畔,苦栾树下
试着学唱波兰国歌:

　　"只要我们活着
　　波兰就不会灭亡
　　外国暴力夺走的一切
　　我们用战刀夺回来
　　前进!前进!"

本想取悦异国朋友
猛然间却是惊愕:

不同的民族,千山相隔
就连鸟语也是方言
而中国和波兰
国歌的词句竟然如出一辙

一样的火中的凤凰
一样的苦难的花朵

我为我的发现泪眼模糊
回头看生我养我的山河
在那深远的背景上
血肉的长城，狼烟和烽火

我听见前进的脚步
冒着敌人的炮火
不愿做奴隶的亲人
集合于最危险的时刻

突然间，我觉得我是一块砖
身体在加热

奥斯威辛的头发

在波兰,在奥斯威辛集中营,那些被党卫军割下没有来得及织布和做成席梦思的犹太人、吉卜赛人和共产党人的头发,正在腐烂,长的短的黑的白的金色的灰色的交织在一起,令人神伤却束手无策。

趁着最最黑暗的时刻
活生生鲜灵灵的头发
生身父母的精血
像一茬韭菜被割下

而在纳粹党卫军的手中
人子的头发还不如韭菜
甚至还不如
一团乱麻

那些被砍了头的头发
首级之外的腐烂的头发
和它们一起腐烂的是洗不去的血债
掉了脑袋的伤疤

哪怕真是韭菜，哪怕是草
也能重生，还能发芽
可怜被砍掉的脑袋
没了头的头发！

那个眼巴巴的小女孩儿
用诗句祈求刽子手叔叔
把她埋得浅一些
再浅一些，最好露出她的小辫子
她怕把她埋深了
妈妈再也找不到她

而那些系着丝带的
褪了色的小辫子
曾经被学校里的淘气小子
所拉扯

告别奥斯威辛
妈妈瞅着我的"鬼剃头"
一边叹息一边擦姜
我默默念着那个眼巴巴的小女孩儿
和那些淘气的臭小子
不敢抬头

柏林墙的影子

穿过遥远的黑森林
一面大墙,说倒就倒了
石头的身躯

摇着铁皮鼓的孩子
穿墙而过。一面墙
原来真的是一条路

各路手艺人,忙乎于
在往日涂鸦的墙根下滋尿
往墙皮上涂抹纷飞的鸽子

而在鸽子的影子下面
墙的影子围拢过来
潮虫拖动着血和泪的影子

我曾经担心每一个夜晚
因为影子
又担心白天

布拉格

布拉格　布拉格
一家屋顶一个样儿
把两百年前的老人唤醒
仍然可以照直找到回家的路

而在萦绕上天的钟声里
是五百年不变图纸的工程
脚手架中的教堂圣维特

金色布拉格
其实也并不过于金色
城堡零星　森林几抹
看上去近乎一幅水墨

眼前忽然一黑
湿漉漉乌云因修理翅膀
开始和乌鸦一起忙碌

芳草依依　忽而鹅黄
忽而淡绿　椴树叶子也忽暗
忽明　急匆匆阳光忙着转场

云彩和雨点儿一起一落

当阳光猛然回首
枫树立马成为火把
照亮满城红屋顶
点燃伏尔塔瓦河

远山的白桦林白杨林
沐浴在纯净夕照里
如镏了金的教堂金晃晃的质地
像波希米亚水晶亮晶晶的色泽

布拉格　布拉格
你看你　你看你变幻有多快啊
眼看着这一切
王朝兴替间，尘埃不定

卡夫卡

从前生纷纷归来的游魂
都已经找到了家门
找不到回家之路的布拉格人
剩你一个

   卡夫卡!

你围着老街广场惴惴不安
形同大风中缩脖儿的寒鸦
转悠一生,留给古堡一个干瘪的影子
临了头朝下,一个个捡走了
一生的脚印

   卡夫卡!

在老街广场后面的小街上
小木牌写上"卡夫卡的家"
这世上最深的房间
字母与蜘网为伍
门票贵得要命

里面有几张招贴画和明信片
没有你的书，半本也没有

  卡夫卡！

你和波希米亚的子孙
到底有什么不一样
生于斯，长于斯
却是奥匈帝国的犹太人
作为世界公认的文学大师
写作从来不用母语
一个不曾离开家乡的游子
临了那么孤独，完全孤独
独自一个人，黑咕隆咚的
一个人，不盖被子

  卡夫卡！

布拉格人与别处的人
到底对你有什么不一样
少男少女走过光亮石板街
踩响你忧郁大眼睛的反光
而在我的想念里
注定你是模糊的黑鸟儿
就连你自己也不知道因为什么

  卡夫卡！

诗人哈维尔

写了三十年荒诞剧
当了十三年捷克总统
末了你说自己是个诗人：
"我写了好几本诗集呢
幸运的是都未出版"

哈　哈维尔

不知是怎样一只手
让历史另起一行
把一个编戏的把式
编入神话剧
指定一个必须扮演的角色

哈　哈维尔

窗口插一面绿旗子
你在旗子呼呼的风中说
应该认真倾听诗人的声音
但要防止这个世界在诗人手中
突然变成了
一首诗

饿长城

还是在查理四世的时候
布拉格来了一群流浪汉
个个身强体壮
偏偏沿街乞讨

有一天国王问他们
你们怎么不去干活呢
他们说饿,一点儿力气也没有
要是让你们吃饱肚子呢
他们说吃饱了也无事可干
碰巧国王听说中国修了长城
就下了一道谕令:
吃饱肚子修长城去吧

修长城的事就这么定了下来
布拉格就有了
饿长城
在昏昏然的圣谕里
在小说家的白纸黑字中

诗人墓

——写在布拉格高山城堡中的马哈墓旁

真的是你吗?我的诗人!
想当年,你陪着母亲陪着灯
低诵或长吟
想到诗人多薄命
身世老风尘
欲把身后事付与乱草繁星

真的是你,我的诗人!
坟头上青草已经枯萎
而在花岗岩和十字架的阴影里
长明灯和鲜花和泪水
都冒着热气儿

多大的福气啊,我的诗人!
因为诗,因为爱,往土里爱
就是在漆黑的泥土里你也照样欢愉
黄金依然在天上舞蹈
但无法命令你歌唱
只有和泥土在一起
留下泥土一样的歌声

我和你怀抱里的小叶花
近在咫尺，但我知道
要想真正靠近你
奋斗一生
也不一定

而一个民族
一个民族需要多少年月日
才能认领自己的诗魂